就是这间小屋

田春涛 著

中国书籍出版社
China Book Press

图书在版编目（CIP）数据

就是这间小屋 / 田春涛著 . -- 北京 : 中国书籍出版社, 2020.12

ISBN 978-7-5068-8326-9

Ⅰ.①就… Ⅱ.①田… Ⅲ.①散文集 – 中国 – 当代 Ⅳ.①I267

中国版本图书馆 CIP 数据核字（2021）第 010201 号

就是这间小屋

田春涛　著

责任编辑	张　娟　成晓春
责任印制	孙马飞　马　芝
出版发行	中国书籍出版社
地　　址	北京市丰台区三路居路 97 号（邮编：100073）
电　　话	（010）52257143（总编室）（010）52257140（发行部）
电子邮箱	eo@chinabp.com.cn
经　　销	全国新华书店
印　　刷	凯德印刷（天津）有限公司
开　　本	710 毫米 × 1000 毫米　1/16
字　　数	175 千字
印　　张	12.25
版　　次	2023 年 6 月第 1 版
印　　次	2023 年 6 月第 1 次印刷
书　　号	ISBN 978-7-5068-8326-9
定　　价	60.00 元

版权所有　　翻印必究

序

春涛老兄的散文集《就是这间小屋》即将出版，嘱咐我写几句话。恭敬不如从命，话题首先还是要回到41年前的1979年。其时中国刚刚改革开放，百废待兴，充满朝气和活力。我和春涛兄有幸赶上了这样一个美好的时代，成为后来被称为"新三届"的恢复高考后的第三届考生。我们一起唱着"团结起来振兴中华""再过二十年，伟大的祖国该有多么美"，度过了洞庭湖畔的短暂学习生活，留下了终生难忘的关于纯真年代的美好记忆。

生活中有些现象很是奇怪，41年来，关于那段学习生活的记忆，依然停留在那个年代，脑海中的影像清晰而真切。尽管毕业后也拜访过师长会见过同窗，但从来没有后来的印象覆盖从前的记忆。印象中春涛兄是个比较有个性有特征的人，瓜子脸上标准的分头总是那么油亮而中规中矩，常常的微笑仿佛是为了显示两个浅浅的酒窝的存在；多才多艺，会裁衣服，能织毛衣，蝇头小楷有模有样，笛子吹得钻天入地；有些恃才傲物，也难怪，毕竟他是以学西班牙语的身份参加高考的，要知道，在那个年代，能够完整写出英语26个字母的都是牛人。

如果不是逐字逐句读完这部书稿，我对春涛兄的了解还停留在肤浅的表面。我一直有一个怪怪的想法，就冲他那瓜子脸小酒窝、轻言细语话不高声，假若当年有条件入道梨园，春涛兄不是没有希望成为当代"梅博士"的。正是从这部书稿中，才知道他微微的笑容后面藏着多么辛酸的少年时代。出生于三年困难时期、林花谢了春红的季节，邻居给他取名"春桃"。这是一个绝对贫困的农民家庭，父母长年疾病缠身，挣不到多少工分，口粮常常成为问题，大姐曾经村头要饭，借钱借粮成为家里的日常。兄弟姐妹五人中，春涛兄排行老四，由于先天营养不良、体弱多病，上小学时竟白了少年头，到高中时体重也才40公斤。

有道是穷人的孩子早当家。在无以为乐的年代，春涛兄成了勤奋的读书人，在书中找寻自己的乐园。高中毕业后务农的三年里，他已经读完了《三国演义》《水浒传》等古典名著，当时还是禁书的《红岩》《青春之歌》，为他打开了有别于现实的另一个精神世界。可以想见，在炎炎夏日农作之后的夜晚，清风徐来万籁俱寂，油灯下的少年，双脚泡在齐膝深的水桶中，躲避着蚊虫的袭击，享受着原始的清凉，精骛八极心游万仞，与书中人物进行灵魂的对话，那是一个怎样愉悦惬意的场景！也正是这样的

序

年代，培养了春涛兄终身阅读的乐趣。在后来为人师表的几十年里，他到底读了多少书，我们不得而知，不过，无论是从这本即将出版的散文集，还是从他已经出版的《大古都》，都可以感受到他海量的阅读储备。仅以《云梦教育集团学子〈劝学书〉》为例，这篇两千余字的骈体短文，分为云梦历史、孝敬父母、尊师交友、止恶扬善、洒扫应对、励志爱国六个篇章，历史与现实、传统与当下、东方与西方在这里交汇碰撞，取精华去糟粕，其引经据典涉及经史子集、古今中外、天文地理，仅注释就有七十余条近四万字。如果没有长期的阅读储备，现炒现卖是肯定鼓捣不出来的。

春涛兄是个细腻的人，温文尔雅、不辱斯文。他在少年时代的营生——做木匠、当裁缝、织毛衣、刻印章，都需要慢工出细活。文如其人，在动辄著作等身的年代，他不是个高产的作家，除了八年前出版的《大古都》，这应该是他的第二本著作，收录的文章分为感怀、人物、时事、游记、教育五个部分，时间跨度在十五六年。他的游记，就像山水叠翠的中国画，从表层的自然景观中能窥见深层的历史文化，品味蕴涵其间的哲学沉思与规律性认识。比如《湖南屋脊行》一文，记述游历湘西石门县壶瓶山风景区的所见所闻所思所感。高山深瀑、峡谷松涛、北纬30度神秘的吊脚楼和蜷缩在吊脚楼被窝里做着远古春梦的男女，构筑出一幅夜静山空、月涌江流的意境。自然、历史、哲思三位一体有机融合，成就了优秀散文的永久魅力。

  他的历史文化散文，用笔精到、浑厚庄重，体现出深厚的文化底蕴和很强的驾驭古今的功力。《天南地北话乾坤》《风调雨顺话人生》两文，前者从《易经》乾坤二卦谈儒家的"内圣外王"，后者从佛学天王殿文化内涵解读儒学的中庸之道，三教贯通、古今结合、深入浅出，发掘传统经典对于当今为人处世、科学管理的实用价值，成为能够自圆其说甚至不输《百家讲坛》某些名家的关于中国传统文化的"田氏解读"。《天下第一村》一文，呈现了有着六百年历史、号称"民间故宫"的岳阳张谷英村的历史人文、营造风格、雕刻艺术，也显示了作者对明清建筑艺术不一般的研判能力。他写历史遗迹章华台、状元街、秦淮河，感叹楚灵王昏淫误国、黎状元两袖清风、柳如是李香君气节崇高，有一种穿越时空的力量和很强的代入感。就像是一位看不见的导游，他只是娓娓道来如数家珍，时而移步换景，时而考据历史，时而发思古之幽情，让读者在不知不觉中跟着游走，产生一种"田老师喊你来怀古"的审美愉悦。

  春涛兄是个大气的人，温柔敦厚、大节不亏。他的散文脱离了一己小我的风花雪月、个人恩怨，笔下有时代，胸中存家国。他写自己的母亲，记录母亲苦难的经历和对孩子舍命的呵护，点点滴滴，催人泪下。他写祖国母亲，记录共和国逆境中崛起的伟大，"98抗洪"、南方冰灾、汶川地震、抗击非典、新冠肺炎，

序

中国人民万众一心众志成城，风雨压不垮，取得了一个又一个胜利。他禁不住由衷赞叹："我们这个民族，只要出现危难，人心就是这么齐，办事效率就是这么高。我们只有没想到的事情，没有我们做不到的事情。这就是中国人的凝聚力和向心力，是任何一个国家的政治制度所不能比拟的。"他教育学生："天高任鸟飞，飞得再高，风筝线永远攥紧在祖国母亲手上；海阔凭鱼跃，跃得再远，魂之灵永远归附在祖国母亲心中！"书生报国，满满的都是正能量。

圣人说，逝者如斯夫；我们当年的一位老师说，时间如瓜滚。不知不觉中春涛兄已年届六十，除了那两个巧笑倩兮的小酒窝儿还隐约可见，身体和精神的变化还是挺大的。当年的帅小伙儿已经大腹便便，见证了小康社会的衣食无忧。西班牙语的单词估计早已散失殆尽，老成持重代替了年少轻狂。有道是，搞写作的人，视作品如自己的孩子。花甲得子，按照我们老家农村的风俗，亲朋好友是必要送一番恭贺的。在此，祝福我们这位可敬的兄长青春不老、春涛常在。

周然毅

2020年10月于北京

目录

感怀篇

人生三道茶…………………002	向天借得一杯酒…………023
就是这间小屋…………………006	母亲节快乐………………026
夫子庙前秦淮月………………009	今夜的风…………………029
今朝又敬三炷香………………019	六十抒怀…………………031

人物篇

把酒问黎淳…………………034	母亲在世的时候…………072
回首不知归路远………………054	冰雪消融的时候…………085

游记篇

走近鼓浪屿…………………092	海雾中的金门……………095

回眸一笑	097	夜幕下的黄鹤楼	112
天下第一村	100	湖南屋脊行	120
古城琴画	108	郑州的雨	132

教育篇

欲栽大木柱长天	138	云梦教育集团学子《劝学书》	144

感怀篇

就是这间小屋

人生三道茶

中华民族五千年文明史，一页页翻开细品慢嚼，几乎每一页都可以嗅到一缕淡淡清幽的茶香。虽因"千里不同风，百里不同俗"的多样化差异，各地茗茶也不尽相同，如庐山的云雾、浙江的龙井、洞庭湖的银针、云南的潽洱、福建的乌龙和正山小种等等，从制作到品茗各有千秋，但国人在饮茶、嗜茶的茶文化方面，不分天南地北，都有一个共同的爱好。从中国品茗历史来看，中国人以茶为道，始于唐朝陆羽的《茶经》，初成于卢仝的《走笔谢孟谏议寄新茶》，致使中国的茶道文化就像一泓清香扑鼻的涓涓细泉，流芳千古，万代时尚。然而我真正懂得人生与茶道的深远内涵关系，却是在大理洱海的游船上。当那貌若天仙的白族姑娘端给我三道茶，加之出色的茶艺表演，从茶艺到茶道到做人到修身到入世，一步步把我引入人生的极致，真可谓"三饮便得道"了。

热情好客的白族人，在接待贵宾时都用三道茶，不仅色香味俱佳，还包含丰富的人生哲理。第一道茶是苦茶，茶味浓重；第二道茶是甜茶，喝起来微苦中带香甜，十分可口；第三道茶是回味茶，茶味复杂特殊，是将各种不同的味道和谐融为一体，辛辣麻甜俱备又略带微苦，口感复杂，难以言状，给人一种回味无穷的感受。真有一种"此中有真意，欲辨已忘言"的感觉。白族人把三道茶看成他们的人生体验。他们认为一苦二甜三回味便是人生的一个整体过程，也就是把人生看成先苦后甜、苦尽甘来，甘来反思回味幸福来之不易，更应该珍惜幸福生活，继续艰苦奋斗，特别是第三道回味茶那种复杂味道，寄寓着生活的复杂多样，提醒人们即使在苦尽甘来之际，也千万不要忘记人生的扑朔迷离和艰辛困苦。如此人生三味，不正是这个民族千百年来历尽艰难险阻而始终勇往直前的内在力量么？

　　从白族人的品茗品位想到偌大之文明古国五十六个民族的全体国人之品茗情操，人生三味不亦如此么？其实中国茶道雅俗共赏，它体现于平常的日常生活之中，"朱子道，陆子禅"，"三教合一"的儒释道已然融入茶道文化内涵的中国品茗时尚，不讲形式、不拘一格。诚然，不同地位、不同信仰、不同文化层次的人对茶道有不同的追求，也会体现出对人生三道茶的不同感悟。不论历史上王公贵族以"茶之珍"来炫耀权势，附庸风雅，还是文人学士以"茶之韵"托物寄怀、激扬文思，无论是佛家以"茶之德"去困提神、参禅悟道而成佛，还是道家以"茶之功"来品茗养生、羽化成仙，就是寻常百姓家不也以"茶之味"来去腥除腻、涤烦解渴、享受人生么？广而言之，不论何等层次的群体，在体验风雨人生三昧时，不都是在喝这人生三道茶么？

记得小时候看过这样一个神话故事。古希腊有一个名叫斯芬克斯的狮身人面的女妖坐在忒拜城堡附近的悬崖上，向过路的人提出一个谜语：什么东西早晨用四条腿走路，中午用两条腿走路，傍晚用三条腿走路？过路者都必须猜中，如果猜不中，就要被她吃掉。无数自以为聪明才智过人者居然为此而丧生。为什么呢？因为这些人就是不能正确地认识自我，没有从真正意义上去品味自己是一个完整的人生。可后来竟然被一个流浪儿猜中了，这又是为什么呢？因为这流浪儿在风雨人生路上，真正尝遍了人生三昧，他自个儿成了一个真正的人！

早晨的人（小孩）、中午的人（中年人）和傍晚的人（老年人），向世人昭示的又是什么呢？我时常静想，神话传说中的斯芬克斯应该是在向人类传达这样的旨意——"人，认识你自己！"

记得台湾知名作家余光中先生在《听听那冷雨》中写道："……饶你多少豪情侠气，怕也经不起三番五次的风吹雨打。一打少年听雨，红烛昏沉。二打中年听雨，客舟中，江阔云低。三打白头听雨在僧庐下。这便是亡宋之痛，一颗敏感心灵的一生，楼上，江上，庙里，用冷冷的雨珠子串成……"他化用了蒋捷的《虞美人·听雨》，细细品味，先生之言，不正是在感叹人生三个不同历史时期的风雨飘摇，不正是在恬恬淡淡地品味人生三道茶么？其实也不尽然，先生之感红楼剪烛，夜雨江船，僧庐禅道，虽然有如勤劳的白族人民的人生感悟，也并不简单否认斯芬克斯对人一生的统而概之的描述。但先生是在用心血和灵魂感叹"亡宋之痛"，感叹两岸分离！没有一个完整的国，哪有一个完整的自由人！人一生三个不同阶段的苦难历程，比起一个国家的灾难深重来，那又算得了什么！一个偌大之民族，不经历磨难，又怎么能解悟国人今天共呼大一统的爱国情结？前尘隔海，古屋不再，杏花春雨江南，不正是游子思归有期的心愿么？如此禅道，三道茶下来，岂可是庸庸碌碌凡夫俗子们品味得出来？

2006年7月18日草成于养心斋

就是这间小屋

> 品味着小屋的芬芳,当拂晓轻风飘然而至的时候。
>
> ——题记

就在这间小屋里,做了许多梦:总想走出去,看看外面的大世界,自然就是想看看大世界里的人。但是看过了不少的大世界,却始终找不到梦想里要找的人,于是又回到了这间普通的小屋。

这间小屋,是我生活的小楼阁,是我放飞梦想的风筝。

在这间小屋里,只有一张简陋的老式电脑桌,权作办公桌用,上面还算整齐地摆放着各类文学、英语、电脑等方面的书籍以及各类来不及处理的临时文件。一把带有MP3式的小木椅,坐下去就自动歌唱,它就是我办公用的"骁骑"。一张供休息用的单人小床,一米宽,用钢管做成,上面铺放着十分简陋的铺盖,每天中午可以在这温馨的世界里美美地睡一觉。还有一张大黑木柜,三米宽,一米五厚,两米高,分为两格,也不知原来是做什么用的,现在却成了我的"宝贝"。我用它来做三用：一是把它摆放在前面窗子两米处，正好做小温床的屏帘，以免上楼来上班而路过的人看到我睡觉时的丑陋模样；二是用来做隔离板，前窗两米处做临时仓库用，如放置垃圾箱、扫把撮箕、水桶脸盆、牙刷毛巾，还有暂时不用的电风扇等，好让后大半截的空间以最完美的静谧来让我放飞心情，延续梦中的美丽；三是用来存放那堆积如山的十几种报纸杂志，已经堆集了三年的了，还只塞满了底层的三分之一的空间。这广阔天地还真大有用武之地。这就是我这间小屋的全部家产。

不！我这间小屋还真有一件宝贝——一台组装旧电脑，只有它才是我这间小屋里阳光灿烂的天使！可别瞧不起它，神通广大着呢！几年来我的文稿的处理、理想的驰骋、大世界的遨游，甚至千里迢迢相约梦中景，它都能出色地完成任务。

这间小屋，身居高庙之人是不好屈身下榻的，自诩高洁清流之辈也不曾想到过这里的"洞天福地"，迁客骚人不会来这里附庸风雅，名媛淑女更不会想象这里面还会有点什么风骚俊杰！

我从大世界出来，走进了这间小屋；我从老板桌边出来，坐上了这MP3；我从那星港席梦思里出来，睡上了这健身的钢管床；我从那世人瞩目的风景线里出来，栖息在这陶冶情操的天堂。

其实这间小屋，还真的有个秘密。要是留心的话你就会发现，当你无意间推开后窗，那可真是柳暗花明，让人惊羡不已——原来这后窗竟锁住了满园春色，一片竹林间隔有致地将你引入那无限的美丽。虽身处三楼，你却能看到修竹栉比、大小相间，偶尔有三两枝竹枝穿着华丽的时装，婀娜多姿地在你的眼前妖娆，撩拨起你刹那间的心旌荡漾，醉眼蒙眬、不能自已。当然你可别看傻了眼，这种风景只可能在这间小屋里才能领略得到，当你走进外面的世界时，它就春天尽失，妩媚不存，因为它的美丽只悦容于这属于它心怡之人的天地！

我拥有这间小屋，因为这是我钟爱的天地。在这里，我尝试了装扮人间的春色；在这里，我点击了延续万物的滋润；在这里，我呵护了热爱生活的千万桃李，浇灌了渴望知识的秋菊春兰；在这里，我走过了高山河海；在这里，我找到了人间的真爱！

就是这间小屋，让我拥有了世界，拥有了生活，拥有了爱情，拥有了永远平和宽容向上的人生！

2004年11月15日凌晨于养心斋

感怀篇

夫子庙前秦淮月

（一）

林语堂先生在《人生的盛宴——妓女与妾》一文中说："自明以迄清季，金陵夫子庙前污浊的秦淮河，即为许多风流艳史的产生地。这个地点邻近夫子庙畔，是适宜而合于逻辑的，因为那是举行考试的地点，故学子云集，及第则相与庆贺，落选则互相慰藉，都假妓院而张筵席，直至今日，许多小报记者犹津津乐道其逛窑子的经历，而诗人学者都曾盈篇累牍地写其妓寮掌故，因而秦淮河三字极亲密的与中国文学史相追随着。"

细读林老先生之文，感慨之余，又能悟到点什么呢？宋朝建成的夫子庙是世代儒人朝圣、为国选拔栋梁之材的科考之地，儒雅神圣。世人常想，为何风流儒雅却"极亲密的与中国文学史相追随着"？难道才子佳人的掌故必因夫子庙舒适悠然地躺在温柔恬静的秦淮河臂膀上而熠熠生辉？中国文学之魂莫非也一定因"六朝金粉"而浩气长存？品来尝去，实在费解。莫非十朝古都的南京，朝朝丝竹秦淮月，代代铁马铸朝纲，一曲曲可歌可泣的历史长歌都必定孕育在石头城下的柔情蜜语中？古都风云的优美旋律也必定在三春景色竹肉发、美人帐下舞升平的细嫩与娇柔中滋生？朝朝代代如此温柔而又霸气的历史长卷，竟在"污浊"二字背面演绎着吴宫花草、晋代衣冠、明祖高墙、天国烽火？

（二）

秦淮河是扬子江的一条支流，全长约110公里。距今6000多年前的新时器时代，这里就聚居着南京的初民。3000多年前，秦淮沿岸已人烟稠密、经济发达。这里孕育了南京的古老文化，被称为"南京的母亲河"。此河本名"龙藏浦"，古名"淮水"。相传秦始皇东巡时，望金陵上空紫气升腾，以为王气，遂命凿方山、断长垅以为渎而入于江，以压此地王气而保咸阳。后人误认为此水为秦时所开，故称"秦淮"。

秦淮河分为内外两河。流入南京城里的内秦淮东西水关之间的河段，这就是世人日夜吟诵的"江南佳丽地，金陵帝王洲。逶迤带绿水，迢递起朱楼"的六朝金粉、十里秦淮。东吴以来，这里一直是繁华的商业区和居民地。六朝时，秦淮两岸成为名门望族聚居之地，商贾云集、人文荟萃、儒学鼎盛。隋唐以后，渐趋衰落，因而引来李白、刘禹锡、韦庄等无数文人骚客来此凭栏吊古。在"烟笼寒水月笼沙，夜泊秦淮近酒家"之时，长咏"旧时王谢堂前燕，飞入寻常百姓家"，慨叹"无情最是台城柳，依旧烟笼十里堤"。至宋代，这里因理学之风而逐渐复苏风雅。这主要得益于始建于宋景祐元年（公元1034年），以东晋学宫扩建而成的"大成至圣先师文宣王庙"（孔子庙，俗称夫子庙）和"慎终追远，明德归原"的明远楼为中心的江南贡院的落成。在中国第一大儒圣人孔老夫子的呵护下，在中国唯才是举以国粹而振朝纲的科举重地和最高学府的江南贡院的教化熏陶中，十里秦淮逐渐恢复了"六朝金粉"的元气，到明清进入到鼎盛时期。两岸建筑群古色古香，飞檐漏窗、雕梁画栋、画舫凌波、市井繁华，构成了一幅如梦如幻的美景奇观。

在这"江南锦绣之邦，金陵风雅之薮""十里珠帘"的秦淮河上，迁客骚人竞相云集，"衣冠文物，盛于江南；文采风流，甲于海内"。因其得天独厚的地域人文优势，古往今来，岁月沧桑，数不尽的名胜古迹争相点缀，说不完的逸闻掌故悄悄滋生；慷慨悲歌的才子佳人匆匆来去，可记可述的史迹永载丹青。

（三）

以夫子庙建筑群为依托，映射出古都南京的历史经济文化，并由此反映南京古都不同历史时期的兴衰和时代风貌。

如果说秦淮河是石头城下承载南京文化摇篮的永恒话题，那么夫子庙就是南京文化载体的霸气与脂粉气凝聚成的"六朝金粉地，金陵帝王州"，能够江水流长的力量源泉。

自然天成"虎踞龙盘"的古都，虽然酣睡在"六朝烟月之区，金粉荟萃之所"的温暖怀抱，但在金陵紫气东升、轻歌曼舞之时，又无不透现出铁马冰河的豪气与肃杀。也许历史的铜镜本身就是对立的统一，一面画着春和景明、渔歌互答，另一面却刻着血雨腥风、古道斜阳。作为南京文化载体的秦淮河，作为中国文化以儒治国为载体的夫子庙，能不刻下那"商女不知亡国恨，隔江犹唱后庭花"的岁月如流、繁华似水、伤感是岸、秦淮悠悠的感受么？"淮水东边旧时月，夜深还过女墙来"，不也同样在诱发世人的思古之情么？

我常翻开《桃花扇》及《板桥杂记》，心想如此秦淮夜月，究竟醉迷了古往今来多少达官贵人、游荡公子。只不知历代帝王感怀于斯，会不会也竹冠布衣，"混着微风和河水的密语"，来"憧憬着纸醉金迷之境"？若如是，那么第一个与这天生丽质的秦淮夜月有肌肤之亲的帝王又会是谁，孙仲谋乎？这可是中国第一个在此建都（公元229年9月从武昌迁都至此，时称建业，为南京建都之始）的东吴大将军。然而据史载，公元前472年，越王勾践灭吴后，在今中华门西南侧建城，开创了南京的城垣史。那么卧薪尝胆后的越王是否偶然也会来此秦淮河上"妃嫔媵嫱，王子皇孙，辇来于秦，朝歌夜弦"呢？公元前333年，楚威王大败越国，于石头山筑城置金陵邑，金陵之称亦因此而来。由是推之，楚威王是否也曾夜半歌声秦淮月，一宵云雨万花楼而金陵春梦呢？即或东吴孙权不是第一个泛舟秦淮河的帝王，但有一点则是可以肯定的：凡帝王来时，必是在风雨过后。只有雨过天晴，淮水夜月才是那般"冷冷地绿着"的明媚和皎洁。

其实秦淮河就是一部历史，她用自己饱经沧桑的岁月年轮记录着3000多年来的风卷残云、时代变迁。

公元317年，晋琅琊王司马睿建立东晋政权，以建康（今南京）为国都，这是南京城市发展史上的第一个高峰时期。此后，南朝宋、齐、梁、陈相继定都建康，史称"六代豪华"，南京由此有"六朝古都"的美称。今人研究六朝文学与六朝美学之雅士，无不为之叹服。公元937年，南京成为南唐的首都，称为江宁府，这是南京城市发展史上的第二个高峰期。1368年，朱元璋在应天府称帝，建立明朝，以"应天"为"南京"，第一次成为一统天下的全国首都。由此，南京进入又一高峰期，成为当时世界第一大都城。1853年，太平天国定都于此，改名天京。1912年元旦，孙中山在南京就任中华民国临时大总统。1927年，蒋介石定南京为首都……这只是一个年代表，可这年代表里记载着的是脂粉气、血腥气和王者霸气。猛然间我似乎领悟到了朱自清先生笔下的"于是我们的船便成了历史的重载了。我们终于恍然秦淮河的船所以雅丽过于他处，而又有奇异的吸引力的，实在是许多历史的影像使然了"，这句话的深刻含义。

当天下三分之时，东吴何其势也。当东晋誓师北伐意欲收复中原之时，即使百万雄师投鞭断流又奈其何？可是江南王朝的接力棒居然传到了一个不问朝政，只会醉生梦死吟诗作赋，全身每一个细胞里面都长满了花月酒色、脂粉气味的陈后主（陈叔宝）手中，国家焉能不亡？当杨广大军过长江（589年）、破金陵，直捣皇宫的时候，这位尊敬的后主撂下"王气在此，齐兵三来，周师再来，无不摧败，彼何为者耶"这么一句话，左手抱着宠妃张丽华，右手搂着孔贵妃躲进后院枯井，束手就擒。这时候《玉树后庭花》《三妇艳》的乐章无论多么美妙，也只能永远在这秦淮河上空独自悲鸣。倘若陈后主力振国威，以江南之富庶而北上，擒周师而王中原，那么这清冷了隋唐北宋若干年代的秦淮河还能留下这么多历史遗憾吗？即或是大明皇帝朱棣迁都北京，也决不让这繁华殷实的江南天堂夜夜荒芜、月笼寒沙。陈叔宝如此，后唐（974年被赵匡胤所灭）李煜又是如此，天生才子气，何为帝王身？只是苦了这含情脉脉的秦淮河，雕栏玉砌犹在，有愁几许；只剩下六朝如梦鸟空啼，一江春水恨东流。

我常默默想着，若无叔宝李煜之流，这金陵王气应该是不会断脉的，十里秦淮也绝不会一时门庭冷落鞍马稀。"金陵自古帝王州"，自孙吴之后，东晋、宋、齐、梁、陈、南唐、明、太平天国以及中华民国先后定都南京，共455年，这不是最有力的证明吗？忧劳可以兴国，逸豫可以亡身，自然之理也。

（四）

千百年来，喧哗的夫子庙与柔和而又繁忙的秦淮河，以自身的厚重承载着历史如歌如画如泣如诉的真实画卷，把这江南春雨杏花枝、牧童短笛帝王府背后的血雨腥风演绎得淋漓尽致。原本声色之地、王气之州，纵有百般柔情绘春色、锦绣华章安万邦，怎奈何铁蹄惊梦、长矛破春，这石头城下、秦淮河边、夫子庙里，能不溅血桃花？只有夜深人静的时候，秦淮河才固守千年的静默，以其高洁而与世无争来刻写岁月的年轮，记载着这风卷残云而长歌当哭的真伪人生。

"桨声灯影连十里，歌女花船戏浊波。"明清时代，秦淮河一带成为王公贵族的纸醉金迷之地，"画船箫鼓，昼夜不绝"，上演了不少凄艳哀绝的风流韵事，也许这才是林语堂先生笔下的"污浊"吧？其实当我从媚香楼边走过的时候，幽古之情、感慨之意油然而生。有人说一本《桃花扇》就是一部明亡史，此语中的。当年崇祯皇帝上吊煤山之日，正是清兵入关之时。而当清兵南下，多尔衮投鞭长江之时，又正是南明王朝内讧之日。当时南明王朝的贪生怕死、卖国求荣之辈，为己利而舍家国，甚至连抗清名将左良玉也因内讧愤然丢弃长江天险，心甘情愿地给清兵以破江之机。如此之辈多矣。

"白骨青灰长艾萧,桃花扇底送南朝。不因重做兴亡梦,儿女浓情何处消。"作为秦淮第一名艳的李香君,当听说自己朝思暮想的郎君侯方域弃明侍清的时候,怒撕象征忠诚爱情的桃花扇,这一朵桃花,凋零在消亡的大明江山之时,凋零在最抒情的一个刹那,这是秦淮河上的千古绝唱!

作为秦淮一代名妓的柳如是,也表现出不让须眉的可贵气节。当南明王朝岌岌可危时,"闺中病妇能忧国,却对辛盘叹羽书"的柳如是力劝自己在南明王朝任高官的丈夫钱谦益杀身殉国,自己将紧随其后。钱谦益犹豫再三,勉强同意,于是二人载酒秦淮,欲效仿屈原投水自尽。是夜天寒风冷,钱谦益探手水中,颤声道:"水甚寒,奈何?"柳如是气急之下,纵身跳水,却被钱谦益死死拖住。数天后,钱谦益屈节降清,而柳如是在痛恨交加之余,开始了她漫长的反清复明生涯。柳如是在给女儿的遗书中说,哪一天我被清人杀死了,就将我悬棺而葬吧,我一生清白,决不沾清朝的一寸土地。壮哉,悲乎!国家兴亡,匹夫有责。当侯方域、钱谦益之流俯首侍清的时候,这秦淮河的青楼艳女,竟以其琴棋书画的万般温柔和金戈铁马的惨烈合成动人的时代交响。巍巍钟山、悠悠秦淮,这难道是能用"污浊"二字叙说得来的吗?

梁实秋先生曾说,秦淮河的大名真可说是如雷贯耳,至少看过《儒林外史》的人应该知道。其实秦淮河也不过是和西直门高粱桥的河水差不多，但是神气不同，秦淮河里的船也不过是和万牲园风水月处的船差不多，但是风味大异。妙哉梁公之言！要知道这"神气不同""风味大异"岂可能用平凡心境体会得来？

（五）

"问秦淮旧日窗寮，当年粉黛，何处笙箫？"古老的秦淮河玉带般蜿蜒舒展，唱着历史的新歌旧曲悠悠流过，伴着身旁静如处子的玄武湖和莫愁湖，似在幽然倾诉金陵古城以其沧桑繁华刻写的年轮。如今，"媚香楼"还在，"桃花扇亭"尚存，每当夕阳西下、皎月东升之时，静听桨声汩汩，于缕缕清风中神往六朝金粉，仿佛又重见当年画舫凌波笙歌彻夜的情景。然而又有谁能知道在她刻满沟壑的面容上，还能承载几多历史伤痕？圣庙巍巍、秦淮漫漫，见证了自夷人坚船利炮轰开国门之后的奇耻大辱和国人师夷长技以制夷的生死抗争：

1842年8月29日，清政府与英代表在静海寺议和，在下关江面的英舰上签订了中国近代史上第一个不平等条约——中英《南京条约》，中国从此沦为半殖民地半封建的社会。

1853年，太平天国定都南京，称天京，清朝摇摇欲坠。

1864年，曾国藩率湘军攻入天京，太平天国灭亡，延续了清廷没落王朝半个世纪的统治。

1912年，孙中山先生在南京就任中华民国临时大总统，清朝灭亡。3月，袁世凯窃取辛亥革命成果，孙中山退职。

1913年，黄兴在南京响应孙中山先生讨伐袁世凯，即二次革命。

1927年，蒋介石在南京成立国民政府，开始其对中国长达22年的独裁统治。

1937年12月13日，侵华日军攻陷南京，屠杀30万南京平民，河山震怒，举国悲鸣。

1945年，抗日战争胜利后，国民政府由陪都重庆迁回南京。

1949年4月23日，中国人民解放军解放南京。

一百零七年啊，一百零七年的耻辱，一百零七年的抗争！自五星红旗飘扬之日起，秦淮河之水由浊而湛蓝始矣。

从乌衣巷里出来，续着朱雀桥的梦，借着秦淮河水的丝丝微风而撩起新生的晚凉，长望江南贡院在清风中的舒展婀娜的倩影，忽然想起一句诗来："我为了自己的儿女才爱小孩子，为了自己的妻才爱女人。"那么我是否也可以这样说：我为了自己的方寸春秋而爱孔孟，为了自己心灵的山水而爱秦淮。

一轮明月在秦淮河的东边徐徐升起，长烟一空的皎洁把夫子庙笼在怀中。在这十朝古都薄薄的夜里，清风习习缠绕全身，顿时感到一缕新凉。

2007年5月20日夜草成于养心斋

感怀篇

今朝又敬三炷香

　　一场春雨过后，小车在春红柳绿中急驶穿行，从东洞庭湖西北角的小县城奔向我那魂牵梦绕的小村——故土隆桥。并不太遥远的老家，也只能岁岁盼今朝。只有今朝，我们兄弟三人才有天大的事也不能搁置的相聚重逢。一路上，我知道岳阳的老大与广州的侄子已经提前我一个小时到了，而做东的老二也一定是清早整装持薪火，盼亲早回家了。

　　按照老家的习俗，我们这是一年中挂清明的最后一天了。每年我们也都是在这最后一天，相聚二哥家（二兄是离父母陵墓最近的），来到父母双亲的坟前，扫墓上香，献花敬酒。礼花鞭炮之后，我们兄弟三人与已故的两位老人拉家常，说心里话，汇报我们兄弟这些年在外面谋生的情况。每每这天，我们总要先修整一下那两棵枝繁叶茂的万年青，清理兰花丛中的杂草，之后，再在坟茔的水泥墩上坐上一两个小时。只是今年与往年不同，那就是广州的侄子回家了，而且带来了刚出生两个月小宝宝的照片，应该说是三代人相聚在这老家的屋场台子上，祭奠先人。然而三十年前的那个破败不堪的茅草房早已经无影无踪，祖辈辛勤耕耘的这块热土，在我们这些做子孙的手中竟然尽失无余。迄我父母亲去世时止，祖辈几代人含辛茹苦开发洞庭打拼出来的根基，而今唯一只剩下这小半个屋场台子。昔日的杨树柳树不见了，昔日的猫儿狗儿不见了，甚至连昔日我们从这里进进出出的池塘小路也消失在拥挤的菜地中。原来与父母亲相依为命的儿女们为了谋生，一个个都难舍难分地走出了这个老屋场台子，走出了这曾经留下幸福、留下痛苦、留下牵挂的古老熟悉而又陌生的村庄。再也找不到一个亲人来这里陪二老说说话，再也找不到母亲在月明星稀的夏夜带我乘凉替我打扇的那张竹床和那棵又高又大可以遮风挡雨的楝树。而今天能够陪伴父母的只有父母生前每年最爱种植的苎麻和油菜花。实在愧对双亲，呜呼！

今天，愧对父母的三个儿子回到这鲜花盛开的父母陵前，给父母扫墓上香来了。

一年一度菜花开，岁岁今朝扫墓来。一年三炷香，这是做儿孙的一份纪念。自母亲于十五年前那个早晨最后一次叫我乳名的那一刻起，我就在这里，每年三炷香。十五前父母合葬于此，修墓立碑之时，这里还是春意浓郁、进出自如。而今十五年农田规划，十五年人去物非，岁月沧桑，这里早已面目全非。如果我把老家屋场台子周围的农作物比作一片花海，那么，父母的坟茔就是花海中的一座没有顶盖的风景。在这万花丛中，坟旁的两棵万年青在金黄中展示绿色，两棵柏树俨然风中守护陵墓的卫士，至于那墓地四周的兰花草的香味，如果九泉之下的父母双亲能够感知，儿孙也就知足了。

并非年少不更世事，让生我养我的父母孤寂于这古老的屋场台子的地底下，而不去择青山绿水或者仙鹤园而归宿之，只因父母生前遗嘱，百年之后要合葬于属于他们自己的那块自留地。淳朴的农民只知道自己有块地就满足了，他们走过了那么多艰难岁月，经历过那么多风雨飘摇，在他们的理念中只有老家。家就是永远属于自己的那块地。他们不知道什么陵园，也不懂什么仙鹤园，更不知道百年之后，他们自以为永远属于他们的那块自留地，是否一定会永远千秋万岁属于他们。至于今天连这块曾经属于他们并让他们自豪的那个洞庭湖畔的屋场台子，已经有大半不属于他们了，这是他们始料不及的。他们曾听说过城里的人死后要烧成骨灰用个什么盒子装起来，将来农村也会这样，这让他们心理上不能接受。于是在我父母生前还能活动的时候，就早早地用上等的杉木为自己准备了万世不朽的"寿"屋。而今这不"朽"之寿屋，在这块风水宝地的呵护下，应该依旧还是那么黑亮！因为全村的老乡中间，只有这块风水宝地上的一大家子人全部走出了这个屋场台子，或行伍经商，或悬壶济世，或桃园授业，或四海徜徉。只是每年今朝，三炷清香依旧，纸钱依然，只有那心中的感慨，一年胜过一年。倘或某一年连这不到十平米的根基也不能再属于我黄泉之下的父母双亲，早已不在身边守护双亲的儿孙们，当再为他们择地而栖，立碑建墓，以供后世子孙祭扫想念。

逝者已矣，生者如斯，来者当立。人生自当有一份念记，有一份依托，有一份感恩，有一份榜样，有一份责任，有一份为逝者树碑、为来者秉烛的理念。转眼十有五年。哥姐早已两鬓成霜，我和妹妹也是奔五之人。孝敬老人、敬重祖先，以"追思先人，勿忘生者"训示后人，乃中华民族传统美德。悼念只为记忆，悼念只为感恩，悼念只为自省，悼念只为自立，悼念只为承载民族传统、凝聚民族精神。一二盘寒食，三两杯淡酒，表达的只是世上活着人们的一种念想。

岁岁有今朝，年年有记念。爸妈，儿子今天给您又敬三炷香：一炷香，祝福您九泉之下幸福安康！二炷香教儿孙饮水思源，思念勿忘！三炷香，愿家族代代传承，儿孙满堂！

2008年寒食日草成于养心斋

向天借得一杯酒

天若有情，向你借得一杯酒，献给我心爱的人！

有过许多朋友，内心依然贫穷，因为我没有恋人。我期盼富有的时候，把酒临风，装点人生；我不曾想过孤寂的时候，窗前望月，独饮清风。

不是我落寞，不是我消沉，更不是我不想追寻，只因为海阔天空，知音渺渺，攀缘无棱。

有心恋着月色。月色因太阳而生辉，期盼自己成为太阳，付出了青春如血的代价，蕴藏的能量却总是那么疲软单薄。长烟一空的时候，怎么也看不清太阳吻着月亮的魂。

推开窗子，眺望远处朦胧，犹抱琵琶的月牙儿，陪伴着几颗眨着眼睛的星星。托一缕清凉的风，凄婉低喃告我：今夜朦朦不可待，伊人帐下饮秋风。寂寥的心情绞痛在深深秋色，凄迷无奈融入午夜的钟声。

我心已沉沦，把酒醉月：曾经海枯石烂百回，巫山云雨万种，为何今夜良宵独枕，欲吻无红唇？倚天无待，下笔难言。我不曾给月亮以皎洁，何以求杨柳绿岸，晓露清风？我不曾给芳草以甘露，何以渴望芙蓉出水，桂花飘馨？

今夜有情，情难所托；今夜有约，有约难逢。灯火阑珊笼寒月，秋水伊人盼重逢。相思河畔清风煮酒，相爱人生醉饮万盅，直醉得泪雨染罗衿，颠鸾倒凤谱一曲绵绵万世情！于是我陶醉在美好的憧憬中，待今夜红烛剪窗，葡萄美酒不夜眠。待追忆多少夜月倚怀，梧桐拂细雨，只觉得青藤绕树，又是晨曦唤醒春风。

相约有期，果真期而不至，伊人何处？苦苦等待的我，把失望痛苦融入漠漠冷冷的风。河岸的灯光，在明灭可见之间，悠悠然听见梦境中的喧哗。虽然我早已备下人间真爱的美酒，却无缘交杯以沫，似水柔情相拥。当月色西沉夜露已浓的时候，抽噎的心在山峦起伏的静谧中呼唤，渴望新生的爱何时才会铁树开花，连理比翼终身！

秋夜厚厚的帘幕压抑着我苍凉的心，我知道今夜有约而又只能失约，呼天唤地撕心裂肺而无助的伊人。我心里知道，伊人已醉，醉在难言的苦痛、惆怅和撕心的悔恨与无限的伤感中……我亦有酒，烈且香醇，为何咫尺天涯，却无缘相敬！

也许杜康的清香在长远的岁月中渐渐地淡去，难以表达我真情祝福的虔诚。天若有情，让我向天借得一杯醇酒，献给我心爱的伊

感怀篇

人，滋润甜美的梦！

  远处的街灯钻进轻柔的晨雾悠然睡去。我相信阳光射透晨曦的明天一定有你同行！

就是这间小屋

母亲节快乐

我不知道中国的母亲节是哪一天,但我认定明天是我母亲的节日。妈,如果我说"祝妈妈母亲节快乐",您能听到吗?

其实您应该知道,我是您最疼爱的儿子,每年我的生日,您一定会给我生日礼物。哪怕是用从牙缝里挤出几毛钱给我买点肉,或者就是两个自家母鸡生的蛋。我在外读书工作,您一定会把家里最好吃的留着,哪怕等我一月半载,因为是我的生日。然而,我的这种特殊待遇已经有二十年没有享受到了。亲待养而子无能,子能养而亲不在。呜呼,不孝若此,苍天怜我之痛哉。

妈妈,其实我只想说,您一定记得明天是儿子的生日,五十六年前的明天,正是您母亲节这天(虽然那时没有什么母亲节,我永远把这天当成母亲节),您把我送到人世间。因为当时生活艰苦,生下我15天后,您就下地干活,结果落下了终身残疾。记得在写《母亲在世的时候》这篇文章时,我在文章开头写道,有政协委员提议把中国孟子母亲的生日(农历四月初二日)作为中国人的母亲节，那时我就有一种期盼。而今，做儿子的自觉地默认着农历四月初二日为您老人家的母亲节。现在终于又到了这一天，明天是您伟大母亲的节日了。妈妈，祝您母亲节快乐！明天也是儿子五十六岁生日，感谢母亲在千难万难中把我带到人世，饱尝风霜雨露，含辛茹苦把我抚养成人。妈妈，我知道您真的好难好苦，也好幸福！

　　妈妈，我不会忘记我上学时下雪那天掉到结冰的河里，您一下赴到河中把我抱起来时的懔栗；我不会忘记为补家用，二哥带我去砍柴时我不小心砍伤了手，您给二哥那一记毫不犹豫的耳光；我不会忘记那天夜里我为了想看京剧《红灯记》，晚上十一点您到十里外的露天戏场把我接回来，再陪我写作业到鸡鸣的倦意；我不会忘记那年我从防汛工地回家，得了急性黄疸肝炎，您要爸爸和大哥卖了家里还不到百斤的猪给我治病，连续三个月保证让我每天吃到一个鸡蛋、每周半斤猪肝，还有两个我最喜欢吃的雪梨。当时还没有解决温饱的全家人，为我一个人的生病做出了巨大付出。妈，我真的不会忘记，我参加工作后，因小时候天生的营养不良导致胃病，本不想让父母知道，以免为我的治疗担忧，就借故偷偷到县医院住院，结果你责怪大哥二哥不管我，找了我半个月，找到我后落下了伤心的泪；我更不会忘记，我在外求学半年后回家，您从一个坛子的底层掏出半只用油纸包了三四层的干兔子，高高兴兴小心谨慎地做好后看着我吃下，流下了自豪而幸福的泪。谁言寸草心，报得三春晖。

妈，您知道我做儿子的，一生最对不起您的是什么吗？不是我做错事，不是我工作不上进，而是您为了我最终带着一只残疾的手离开人世。那时因为我和您儿媳都要上班，您无怨无悔拖着重病给我们带女儿。结果在天井里您摔倒了，折断了右臂，但是您却愧疚含泪地说："妈妈不争气，可能真的给你们带不了孩子了。"晴天霹雳啊，您应该知道我做儿子的听了这句折断肠子的话那心底里剐心的痛。今天，反思之余，我猛然想到，也许妈妈本身就是护佑人间的佛，一生一世都在庇护着我们做子女的。您就是我们子女心中的佛。

佛说，我心即佛。不对，应该说妈妈就是我心中的佛。我若心诚，则我为佛子。

妈，明天是您儿子的生日，更是您做母亲的节日，儿子向您深鞠一躬：母亲节快乐！

丙申年四月初一日深夜草成于岳阳

今夜的风

正月初八日，某大学舞蹈教师王女士新婚大喜，其夫苏先生（某音乐学院教师）于初八夜在红苹果歌厅举行答谢酒会。来自北京、上海、浙江、武汉、重庆、中山、深圳等地的同学、学生以及他们学生时代的老师，还有其父母的亲朋好友，齐聚一堂，吹拉弹唱，载歌载舞。其喜洋洋，感怀于滋。

——写在前面

今夜的风，丝丝温柔，缕缕清淡，在温柔清淡中绽放绵绵春意；

今夜的风，片片火红，束束浑厚，在火红浑厚中溢出串串香醇。

融入春夜的风，是一首首中华古老而又新嫩的老歌新曲，阳春白雪、下里巴人，带着几代文化人、音乐人的歌喉，越过高山，拂过湖海，在蜜蜜甜甜中酿造着百年好合的梦。

这一夜风，于柔情蜜意处，吹皱一湖洞庭春水，吹得长烟一空碧，吹得渔歌唱晚迟；这一夜风，似雪月春花舞，舞绿沱江夜色，舞红西窗剪烛，舞醉帐下佳人。今夜的洞庭，欢歌如风，踏着深深醉卧的魂，在出奇的平静中，裸露着白白细细的胸膛，诱惑着黄发垂髫、绅士淑女，纵情歌舞。欢乐没有时代与年龄，和谐与欢乐，属于热爱生活的每一个人。

葡萄美酒，杯杯让人醉。丝竹笙歌，曲曲令人迷。我醉在眼花缭乱醉胸醉肺的歌舞声中，躁动的血与年轻同流，火热的情与青春共舞。我喜爱春天，我渴望年轻。春天来自欢乐，欢乐来自活力，充满活力就永远年轻。我好想再做一回年轻人，歌舞如斯，躁动如是，找回我不曾有过的春天的躁动。

也许是天赋欠缺，我不会唱歌；也许是时代的错位，我也不会跳舞。学了四十年《刘海砍樵》，尚不知走与行；吹了三十年长笛，总把长笛当洞箫。我没有音乐人的天赋，也许我也算不上文化人，但我有一颗热爱生活的心。我愿意把心灵深处讴歌美好生活的方块字，永远相伴音乐的魂！

今夜的风好重，也好轻！

丁亥年正月初八深夜于养心斋

感怀篇

六十抒怀

——养心斋主人自述

虚度六十，今日始知。甲子一轮回，余身无一获，惜哉。

原以为懂点诗书，知点礼乐，这世界便有了光彩。殊不知，世态炎凉，远不是诗书礼乐完全能够解决得了的。于是，六十瞬逝，居然找不到所得为何，终失何处，回归原点，竟然似孩童也。

老子曰"返璞归真"，孟子曰"人皆可以为尧舜"，佛祖曰"众生皆有佛性"。然则吾乃真人乎、圣贤乎、如来乎？根性短浅，内力不够，入世难为。只不过凡尘一点，摆渡一生而已。

然则六十虚度，饱食终日，非不用心也，实乃欲有为而终无为也。财无富余，名不传世，才思愚钝，愧对儿孙，憾哉！

一甲子，一轮回，弹指间白了少年头。鬓毛已稀，固执依旧，耳顺之年尚且读不懂融和。只叹年华不再，他日难求，惋惜之情油然而生矣。并非留恋，实乃此生布施不够，戒定慧无，终无善根，何乃言禅定静虑而有所获乎。般若无缘，成仙梦幻，尧舜非吾。叹哉！

　　看不破，放不下，指望明晨日出，又是轮回，晦朔望月，谁知始终。其实，乾坤已定，既济未济，自强至善，或许飞龙在天。若此，再来一甲子，积德扬善，转凡成圣，般若成仙，可乎？

养心斋主人感怀于岳阳
己亥猪年四月初二日深夜

人物篇

把酒问黎淳

明英宗天顺元年（1457年），东洞庭湖西北岸华容清水村终于出了一名状元。这是中国科举考试1300多年全国638名状元中华容唯一也是岳阳市唯一的一名状元。他就是博学多才，尤以经史著称的黎淳。黎淳一生曾多次授业于太子，讲经史于君侧，同时参与修史、著书、选择官吏和主持科考等。他除参与修撰《大明一统志》外，还修成《皇帝实录》《续资治通鉴纳目》，著有《龙峰集》《黎文僖集》等。历任太子左谕德（负责对皇太子的讽谏规劝）、少詹事（掌管太子东宫内外事务）、吏部左侍郎、南京工部尚书和礼部尚书等职。1491年因年老多病而辞官回乡。1492年，明孝宗（朱祐樘）下诏进黎淳为一品阶荣禄大夫。不久后黎淳病逝，孝宗皇帝诏赐"祭葬"于清水村黄湖山（又名状元山）东麓，谥"文僖"。

500多年来，状元墓冢静静地躺在小山坡上，凌风傲雪、饱经沧桑。旧时多少文人雅士、进京赶考学子，无不千里慕名前往膜拜。

抑或在明月星稀清风带露之时，三五显贵，清士名流，静坐于墓前那棵无名树下，把酒邀月，闲聊那久已尘封的"身配双皇女""皇帝赐金头"之类的早已融入榕城百姓心中久远而难忘的故事。

（一）在那棵无名树下

在东洞庭湖西北岸边一个名叫清水村的小山坡上，有一棵无名树，结实的年轮与其精简的枝干衬托着风雨漂移的岁月。在茂盛的枝叶下面，凸现一块用红砖和水泥镶嵌着的青石碑，这就是历经风吹雨打500年而不摧的黎淳墓。墓如其人也！

我常读奥地利作家茨威格的《世间最美的坟墓》。文中把俄国伟人托尔斯泰的坟冢说成是"这块将被后代永远怀着敬畏之情朝拜的尊严圣地，远离尘嚣，孤零零地躺在林荫里……这只是一个长方形的土堆而已。无人守护，无人管理，只有几株大树荫庇……没有十字架，没有墓碑，没有墓志铭，连托尔斯泰这个名字也没有……这个比谁都感到受自己的声名所累的伟人，就像偶尔被发现的流浪汉、不为人知的士兵那样不留名姓地被人埋葬了。谁都可以踏进他最后的安息地……"托尔斯泰墓如其人，我眼前的黎淳墓也是如此。

在那棵无名树下，黎淳静静地躺在那里500多年，他的境况要比托尔斯泰好得多。其墓不远处建有多座民宅，墓的上方灌木丛中密密地植着许多橘树。或许这就是乡亲们对这位一生爱民如子、廉洁自律、两袖清风的尚书老人的纪念和爱护。淳朴的乡亲们怕他年老归根亲人离失，一个人躺在那里寂寞，于是构木为巢世代相守；敬重他的乡农们怕他给皇帝和太子讲治国谋略而饥渴，于是植树挂果滋口润喉。乡亲们也知道，老人不想在他思考国策的时候有人打扰他，因此只是远远地守护着，老人渴了，自己伸手就可以摘个橘子细品慢嚼，国是如甘也。

在那棵无名树下，"黎淳墓"三个字在风雨侵蚀中坚强地守护自己的岗位，同时也彰示着这黄土之中休息的老人生前身后操守如一的品德。因此它并不奢求世人再为其涂金抹粉，生前的功名荣耀已经在他鞠躬尽瘁的奉献中得到了彰显。如今存于中国状元博物馆，为该馆镇馆之文物的第一块"进士匾"，就是黎淳一生最大的荣耀。荒冢一堆没于草下，没有帝王将相墓地枕山踏河之气派。然而，500多年来，在这春绿与秋黄更替、朝露与夕辉相随的朴素中，往来呵护有鸿儒白丁，侣四季之风霜而无世俗之烦恼，友百年之厚重轻薄而无池中之涟漪，其博大宽阔胸怀所凸显出来的不正是黎淳清廉淡泊之精神么？

我久久地依傍着那棵无名小树，在风儿的低吟中轻轻拂拭墓碑上的尘埃与伤痛，忽然感悟到长眠于斯的尚书老人平淡而感伤的心愿。辞官归祖急流勇退淡泊荣华乃老人一生所修之操守，如果后世人再利用他炒作点什么，花费点什么，这也许正是黎老尚书所不愿意看到的。他累了，只想在属于他的那片天地里静静地安睡。他只希望在状元街头平静地走过后，慢慢融入万里黄泉，化作一泓滋润之甘露，让乡里乡亲们得到些许状元魂灵的慰藉。

（二）沿这条商旅驿道

龙秀村（现名清水村）东行数百步，有一条通向京城的商旅驿道。它虽然没有云南茶马古道那么壮观和神秘，也没有被誉为"小三峡"的大宁河两岸峭壁上行走的远古栈道那么惊险而有魅力，但是，当商旅行人沿洞庭湖西北方向百余里徒步曲折穿行，撑小舟过洞庭，穿岳州府而北，跋山涉水风餐露宿到达京城时，其释然之后的惬意与快乐却不在置身于茶马古道与大宁河栈道之下。明英宗天顺元年（1457年），黎淳（字太朴，号朴庵）背负行囊与江南学子上京赶考，一举夺魁喜得丁丑科状元时，走的就是这条商旅驿道。

历史已经很难记得这条泥沙驿道究竟是荆楚之地南北行人走出来的，还是江船渔火为生存计夜夜照出来的，抑或是秦始皇凿灵渠经略江南时车水马龙踩踏出来的。至少，这是一条春秋战国时期就来去匆匆的商旅繁盛要道，也是一条战争兼并和开发江南不可或缺之通道，还是一条通向中原消融野蛮愚昧走向文明进步之长廊，更是一条有志学子进京赶考之通途。而立之年的黎淳就是沿着这条远古驿道获取功名走向成功。30多年后，他又带着心力交瘁于国是之后的平静与淡泊，又沿着这条驿道蹒跚南行，荣归龙秀老家。此时的朴庵老人，当年"时节到来寒焰发，万人头上一声雷"的豪气与"状元自是天生定，先遣嫦娥报我名"之自信完全被忧乐国是鞠躬尽瘁之理念所代替，在其饱经沧桑之岁月伤痕的脸上所镌刻出来的是渴望祥和平实的坚忍与毅力。

秀才上榜的那年，红帖是从这路上递来的；乡试中举（1456年）的那年，喜报也是从这条道上送来的；皇帝亲点状元那年，来报喜的高头大马鼓乐长队，当然也是从这条驿道走过来的。

老人的故事始自儿时启蒙读书于龙秀村雷巴尖山仙人洞之时，自然也终了于这仙人洞里的石桌石凳之上。当年黎淳诵史读经于斯而成《爆竹诗》名扬县城，而今鹤发归宗，复坐于这苔绿尘扬蛛网破落的山洞石板上，提壶煮露，慢启《春秋》，神游往事，感叹良多矣。虽然当年上京赶考途中"千里遨游赴帝京，忽闻楼下唤黎淳"的酒楼故事逐渐淡忘，但老人对寒窗苦读以求功名的感悟却与日俱增。其时多少心存侥幸之辈，不也梦想金榜题名乎？名落孙山饮恨京城者有之，考场作弊偷梁换柱损人利己而中榜者亦有之。记得当年朴庵老人担任顺天（北京）甲午科（1474年）主考时，如果不是精明刚正，及时发现并迅速清除考场弊端，严惩偷换答卷者，那么一代名士马中锡还能高中解元清史留名否？恐怕后世人也不可能读到马中锡的《中山狼传》那脍炙人口的寓言故事了。

如果说"事涉矫诈，辄穷本末，必暴白乃已……"是黎老朴庵一生处事之作风，那么清廉而拒贿、正直而憎恶，则是其一生为官之品德。身为朝廷大员、皇帝近侍，无论是在吏部左侍郎还是工部尚书任上，量才选官，不徇私情。如若"闻人有玷行，虽所甚爱，必摧抑，不曲为庇，下至胥隶，亦畏惮不敢犯……"有一年，某县吏有求于黎朴庵，将一福建珍贵名扇悄悄送给他在外读私塾的儿子。黎老尚书知道后责令其亲自取回那把扇子，其难堪之状可想而知。黎老尚书的一个门生（华容同乡），时任江苏华亭县令，就因想送恩师一段红云布，结果换来的那种尴尬使他恨不得钻地三尺以谢世人，因为黎老并不曾打开包裹，而是当即写下"昔之县令，植桑拔茶；今之县令，织布添花，吾不用此妖服也"于其上，原封退回。《国朝献徵录》载"有门生尹华亭以红云布寄淳，不受，即书封识上……"即云此事。至于时任江苏宜兴县令的华容老乡谢文献，受贿入狱之时，托人找黎老出面求情，黎义正词严："县令受贿，正该追赃问罪，我岂可为贪官求免？"憎恶之情、刚正之态溢于言表。

其实看似冷面的黎老朴庵，内心深处却蕴藏着一团炽热的火。"情义"二字深深地烙在他的骨髓里，诚信待人，助人为乐，把他的人格魅力升华到了一个高美的境界。明朝焦竑《玉堂丛语》载："太常卿孟士亨卒，家贫不能举，太朴倡诸乡人合赙，俾襄葬事。"带头集资葬孟，这只是黎老一生助人于危难之平常小事。有一年黎老回乡省亲，船经临清关（古运河上一关口，今山东临清市），忽闻山东按察副使董国器（湖南同乡）之妻亡故，而董已奉命出使边关，孩子尚在襁褓，亡妻无以归葬湖南。黎老平生不闻这世上有董，更不识董妻，却毅然出面帮董料理丧事，说服随从，毫不犹豫地将董妻灵柩送回湖南老家。如此胸怀常人岂可企及？

黎老任礼部尚书时，同乡邓禄只身当差于京城，居无定所，故曾寄放纹银数十两于黎家。不料邓禄病亡。其时邓子幼不更事，其妻又不明真相，黎老面对如此棘手之事，思之再三，便不动声色以邓禄儿子名义将这笔钱寄放在一家当铺里。十多年后才告知原委，并连本带利将银子归还邓氏母子。诚信仁义如此，当属黎公。

这条商旅驿道，这头连着雷巴尖山之仙人洞，那头连着顺天府之紫禁城。老人一生，奔波于兹，进退于兹。为人臣，自当处庙堂而忧民，处江湖则忧君。进退忧乐系于一心，无日敢忘。为太子师，授以讽谏规劝之理；伴君之侧，以史为镜而喻明君；巡察民情，则颂君之明，书民之急，祈盼国泰民安；训导儿孙，则重伦尚节，极严庙祀，做"清白吏子孙"。正如黎老视察湖北潜江云："保障千年形胜在，桑田百里画图开。四民安堵乐生业，会见恩光早晚来。"（《花封堤》）忠以事国，诚以待人，严以治家，此乃黎老一生之写照。门生李东阳曾这样评价他的恩师："先生清德重望，诚可谓一代伟人矣！"

据今天清水村的老人讲，黎淳死前最后一次在仙人洞的石板上做了一个梦：那是一个多云转晴的黄昏，朦胧中看见他曾任户部四川司主事、山西右布政使、广西左布政使的儿子民表和曾任江西南康知府的儿子民牧跪拜于前道："孩儿谨从父教，有孝于前，喜得进士出身，为官三十多年，布衣蔬食，无所优厚，甘做'清白吏子孙'，尽忠国事，耿直刚毅，不附权要，终身边陲。孩儿不孝于后，生不能侍奉父母于榻侧，以侍一汤一饭，使父母百年之日终不能一见儿孙面；更不孝者，儿孙尔后生死逆旅，无以归葬故里，孤魂野鬼之身，怕是七魂六魄上不得祖宗牌位，有辱祖宗神灵……"儿子还没有说完，一声白鹤长鸣，划破了黄昏的沉闷，把黎老从梦中惊醒。

月亮爬进了洞前的树叶里，照亮了石板上眼角挂满了不知是伤心还是愧疚还是欣慰之泪水的黎老朴庵，也照亮了生生不息的商旅驿道，更照亮了曾经呕心沥血于斯的京城尚书房。清风徐来，冥冥中老人又沿着这条商旅驿道坚毅地向前走去。

（三）听昨夜明月松风

相传大禹治水路过洞庭湖时，正逢青白赤黑黄五龙为患，黄龙尤甚，波涌洞庭，水患乡里，百姓苦焉。于是大禹就把定海神针插在洞庭湖中，镇五龙之淫以安云梦，自此江湖浪静，风调雨顺。而背靠长江，南临洞庭的雷巴尖山之仙人洞，正是黄龙之出口（亦称黄龙洞）。洞口四周古树枝蔓，野果盈坡，清香萦绕，祥瑞华光，幽深莫测。难怪吕洞宾云游洞庭与众仙把酒仙人洞时，邀月听风，抚松而叹曰：昔先圣镇黄龙于斯，龙脉虽断，而搏动盛殷，后世当有显贵者也！

当然，远古传说只是世人期盼征服自然祈求万福的一种愿望，也是滋润生活自诩非凡的一种心理调侃。然而日出而作、戴月而息的龙秀村民，伐山砍樵、种谷栽麻，清贫自乐，世代相习，也没指望一丝半缕祖上阴德。然而，从江西迁至华容老挡堤的京兆支黎氏一族（集居塔市驿、洪山头和集成等地），落户龙秀村后，却因过继杨氏之子故，成为地方显贵。

南宋理宗皇帝年间（1234—1264年），理宗赵昀梦想联蒙灭金收复失地，却开门揖盗，致使漠北蒙古元兵铁骑中原，切断了岳州北上之商旅驿道。淳祐十年（1250年），祖籍陕西华阴县的杨世杰，正值长沙刺史任上，而随父迁湘的儿子杨美实也于这年赴任华容知县。不料任满之日，南宋王朝已濒临覆亡，美实公再也回不了魂牵梦绕的关中大地。为避兵乱，杨美实便举家迁居于山水灵秀、物产丰饶的龙秀村，在这块土地上繁衍生息。可是令这位满腹儒学颇识风水的美实公不曾想到的是，杨姓香火延至第五世元铭、元勋时，竟然易祖改宗而以黎氏姓延续后人，而且，第八世子孙黎淳时，上奏天子，欲恢复祖宗杨姓以续香火而不可得。黎淳深知英宗御批"首拔得人，勿用更张，弗允"之苦衷，在归宗立谱的无奈之中，长子民牧，将前辈兴建的龙秀书院改为宗祠，修家谱称杨黎氏。从此，龙秀村之黎氏家族，遂以弘农支黎氏杨黎支后续香火，以别于江西京兆支黎氏一族。

据有关资料载："杨美实有子二，一名绍庆，一名绍祥。绍祥有四子二女，大女嫁黎姓季二郎，无生育，绍祥令次子受孙到姐夫黎家支撑门户，娶胡氏，生子元铭、元勋（五世），元大德年间继黎氏后从黎姓。元勋生子有常（六世），常有三子，第三子如斌（七世）生子四，长子潴（八世），有文学；次子淳……天顺元年（1457）丁丑科中进士，英宗殿试取状元……"我们从这段类似家谱的记载中，似乎已经找到了杨家为何易祖改宗从姓黎氏的答案了。

有人说黎淳当为文曲星下凡，自非凡人，一是祖宗荫庇，保佑他金榜题名，光宗耀祖；二是因祖坟葬于龙脉之地，黎淳因灵气入髓而洞悉天子之意，故而龙颜大悦而中榜首。果真如是乎？

黎家大屋场地处雷巴尖山之阴。雷巴尖山峰下的仙人洞口，即当年黄龙出洞之龙头处，就是黎家二世祖杨氏美实公墓葬之地。其墓冢正前方三山环护，世人称之为"三星椅"，暗示此地必出三颗文曲星。洞前石坪与五棵古樟之间，两株高约数丈的石柱拔地而起突兀苍穹，预示五子登科，二子显贵。当年吕仙所云"龙脉虽断，而搏动盛殷"，即谓此乎？说来也果然灵验，自黎淳高中状元后，其子民表、民牧也相继进士及第，位极人臣。而能来此地者修身养性者，只有黎淳。据说黎淳20岁那年，他请求如琦、如琛两叔伯，不再到自家大屋场东南面的龙秀书院读书，只身来到仙人洞，闭关修行苦读。朝披清露，和雀噪晨曦；夜饮丹桂，听晓月松风。每每倦怠之时，则伫立于二世祖美实公墓前，聆听教诲。如此三年，祖宗阴德与圣人诗书悄然融于血脉之中，从此江湖庙堂忧乐于心，千言之治策，倚马可待。

其实古代科举1300多年，产生的状元不过五六百人，弥足珍稀，而且不是每个文居榜首者即可为状元。乾隆年间一次大比，殿试第一名者赵翼，陕西人王杰居三。乾隆说：本朝陕西没有出过状元，何不给他一个？于是王杰榜首，赵翼探花。清末最后一次科举，殿试第一名朱汝珍，第二名商衍鎏，慈禧却钦定第六名刘春霖为状元。因为朱汝珍的"珍"字犯了慈禧恨珍妃之忌。而朱汝珍、商衍鎏又是广东人，犯了慈禧深厌康有为、梁启超、孙中山等广东人之大忌，这是阅卷诸大臣们事先无法想到的。而刘春霖是河北人，甲辰那年大旱，春霖这名字吉利，当然钦点刘春霖为状元了。如此神圣之事，这般说来似乎有点搞笑。而黎淳作为明英宗南宫复辟后的第一名状元，明英宗是否也是因为"岳阳没有出过状元，何不给他一个？"还是别有他故而使黎淳一登龙门？如果我们今天有心无意间去慢品细茗黎淳的那份状元对策，一定会感悟些什么。

明正统十四年（1449年），奸臣当道，瓦剌南侵（漠北元朝余部）。面对内忧外患，英宗御驾亲征于土木堡（今河北省怀来县），兵败被俘。"土木堡之变"用50万将士鲜血和生命，换来的却是英宗一年"北狩"（俘虏）于人的屈辱生涯。而他被瓦剌释放回来后（1450年），又被已当皇帝的弟弟朱祁钰软禁南宫8年。景泰八年（1457年）正月，朱祁钰病重，英宗趁机"南宫复辟"，第二次登上皇帝宝座，改元天顺。英宗痛定思痛，设法平恤朝野，安定民生，决定在当年丁丑科殿试三元（状元、榜眼、探花）时，以"求贤安民"为策论之题，选拔良才。其时黎淳以"求贤安民，在于智仁兼尽而已"为对策回答了英宗"天子何以治天下"的策问。黎淳的"求贤"宜"智"，"安民"施"仁"，为英宗当时复杂而絮乱的心迹，谋划了一幅胸有成竹的治国安邦之蓝图。且行文洋洋洒洒3600余言，文辞优美，生动形象。善用比喻、对偶、排比，尽兴铺陈，以极富感染力之文笔，深深打动了劫难逢生的大明天子。因此，一甲魁首自然非黎淳莫属。

不论如何，闭关修行，读经史子集之书，养鸿鹄浩然之气，开壶济世，诵经世致用之策，砺报国尽忠之心，这才是黎淳以其才思敏捷之天赋而金榜题名之真实所在，也是尔后仕途腾达尊君爱民之原动力。这岂是风水宜家与龙颜大悦之可得来哉？黎淳一生，官居尚书高位，进一品荣禄大夫，赐三代诰封，在大明王朝官场生死搏斗的漩涡里，受宠若此，佼佼而出者能有几人？历英宗、宪宗和孝宗三帝而不曾有诋誉之词，这岂是风水所能呵护？又岂有时时事事而娱帝心者哉？

记得黎氏家祠有这样一副楹联：气压英雄，丕振状元令誉；学通经史，堪称直讲才华。上联赞誉明朝黎淳天顺进士第一，下联歌颂北宋朝议大夫黎錞之"刚而仁明，正而不阿"。此联虽为无名氏所作，但至少说明黎淳在世人心目中的地位是地久天长的。黎公逝世后，乡亲们为了永远铭记他，特意把他葬在雷巴尖山对面的状元山（原名黄湖山）上。墓冢形制十分考究，墓冢与墓围皆用花岗石砌筑，其上雕刻有精细的花纹。墓前还建有非常气派宽敞的享堂，并立有镌刻极其精美的神道碑，所述平生事迹，以励后人。四周植以花草翠柏，四季常青，清风习习，以告慰黎公在天之灵，让这颗忧劳国是、疲惫不堪的魂灵在这清风明月中静静地休息。

从雷巴尖山到状元山，这是老人用一生编制的人生花环；从状元山到雷巴尖山，这是老人永远回味不尽的心灵轨迹。花环如斯，轨迹如斯，石凳如斯，翠柏如斯，多少个昨夜魂牵享堂，坐听晓月松风，黎老淳公听得完否？

（四）看今朝煮酒茗茶

数百年来，生活在状元街一带的老人们，每当秋始夏余、风清月明的夜晚，习惯把家里的凉板（亦有用堂屋大门板的）放在大门前的走廊上或树荫下，用两把高木凳承着，让儿孙们坐在上面，拿一把大芭蕉扇驱赶着不长眼睛的蚊子，不厌其烦地给儿孙们唠叨着黎淳中状元后那些陈芝麻烂谷子的旧事，以驱赶一天劳作的辛劳和疲倦，寻找一份属于自己的快乐和宽慰。久远流长的故事里，自然少不了黎家大屋场、书院、享堂、神道碑、墓藏、金头什么的，甚至无中生有地把这些耳熟能详的故事描绘得神乎其神。如果儿孙们要问这状元街是如何来历，他们就会眉飞色舞地说：这是大明皇帝派人拿银子来修的！于是许多个版本的皇帝招亲故事，在绘声绘色的演绎中，栩栩如生地杜撰在子孙面前。那天花乱坠之离奇故事和修建状元街偌大之阵势，痴迷得让少不更事的儿孙们瞪着圆圆的黑眼睛望着天上的星星发呆，自然也使平凡枯燥的空气平添些许生活的乐趣。

故事发生在黎淳被明英宗皇帝钦点状元之后。传说皇帝非常看重黎状元，有心招为驸马，许配大公主为妻。可是洞房花烛夜的第二天，驸马居然没有上朝谢恩。皇上追问其故，黎淳只好如实告知：龙女已有孕在身，故未好合。这还了得！龙颜大怒之后，命当场剖腹验证，果如驸马所言。皇上为掩盖如此不齿之事，只好以大公主暴病身亡故为由，复许二公主为妻。之后驸马打着"身配双皇女，湖湘第一家"的旗号衣锦还乡。谁知黎淳刚过黄河三十里许就被另一路人马追上，取了黎淳的首级。原来大公主与朝廷奸臣曹吉祥的儿子有奸，大公主的死，断了曹吉祥成为皇亲国戚的美梦，于是愤然禀报皇上：驸马狂妄至极，竟敢打"天下第一家"之旗号。皇帝正在为痛失爱女而伤感，一听此言，当即下令追杀驸马，忽而又想到会伤害二公主，可话已出口，无奈之下，特诏以黄河为界，估计那时黎淳已经过了黄河。可是奸臣曹吉祥必欲置黎淳于死地而后快，公报私仇，持尚方宝剑赶过黄河三十里而杀驸马。事后皇帝得知真情，追悔不及，只好杀了奸臣，赐驸马金头一颗，厚葬于家乡华容状元山，并诏岳州府华容知县修状元街以谢黎淳。

传说中的第二种版本，则是说黎淳被英宗殿试亲点状元后招为驸马，并把两个女儿一齐许配于淳，二公主为偏房。而与奸臣曹吉祥儿子有奸者是二公主而非大公主。黎淳和两个公主完婚后，打着"身配双皇女，湖湘第一家"的旗号回湖南省亲，不想小公主派心腹告知曹吉祥而奏天子，其后结果就大致相同了。当然这从逻辑上没有第一种版本完美，因为皇帝再器重黎淳，也不可能同时以二女许淳。

还有一种传闻，则来自绅士名流的调侃。他们认为皇帝赐金头的故事背离历史太远，无须研究，倒是应该研究一下黎淳为什么无传于后世的原因。他们认为黎淳即使作为故事流传，也应该有所出处，而"黎淳拒婚"的故事则可顺理成章。据说，英宗钦点状元后，欲以第二公主许配黎淳。二公主也见其倜傥俊美，才华横溢，自是求之心切，便作"引凤挑凰"诗："风流倜傥是黎淳，而立登科耀京城。金枝玉叶身相许，洞房花烛自天成。"可黎淳闻知公主生活不太严谨，且与奸臣曹吉祥儿子有染，便以家妻在堂，不可再娶为由，以实而告天子，当场拒婚。皇帝虽是性情中人，气恼之盛，但于事理而言，又无可奈何，出于颜面故，诏书天下：以淳之经世之才，为太子师，为帝王侧，为国修史立传，然则不可自传而名后世也。故而今天所有正史竟无一处为黎淳生平事迹记上片言只字，看来还果真有几分服人之处。

其实，我们用不着去追问皇帝招驸马的故事真实与否，更用不着去考查什么黎淳无缘见诸历史的原因，因为中国历史上，在历代状元中，有据可考唯一被皇帝招为驸马者，唯唐会昌二年（842年）壬戌科状元郑颢也，何来黎淳驸马哉？至于太监曹吉祥，助英宗南宫"夺门之变"（1457年）后不久，即被英宗处死，而黎淳历三世至明孝宗（1491年）病终于华容龙秀村，何有追过黄河而杀黎淳乎？身为太监，焉能有子？实为杜撰者不晓历史故事抑或故意杜撰历史而讽喻世人也。也许在当时岁月当时环境里，老百姓也只能编撰如此离奇故事，来表达痛恨奸臣当道祸国殃民之怨，并且淋漓尽致地表达他们对黎淳的赞美与追思之情。如此淳朴的纪念方式，可见杜撰者用心良苦也。

如今的黎淳墓由于风雪侵蚀和人为破坏已是满目苍凉一片荒芜："……由于岁月剥蚀，加之'文革'时期人为的破坏，状元墓之前的神韵已不复存在。今仅存高1.7米、底径6米的墓冢和华容县级文物保护单位标志。墓冢前高约1.5米，宽约1米的碑身已多处破裂，原本被水泥覆盖的红砖，也因岁月的冲洗，渐渐显露出来。墓四周原本被70—80公分高的青石板围着，'文革'期间，被不法分子凿走卖掉。围在四周的厚厚石板，现只有十多公分高了……"又由于皇帝赐金头之传说，一些心怀叵测之徒深信墓中埋有宝藏，竟四次"光顾"墓冢。"……一个腊月三十的晚上，有3个人在坟头上挖了一个足有2米深的洞……这帮人又来过3次……当时挖的洞至今还在……"痛哉，今之黎老尚书墓冢如此，人世间那些美丽的传说又能给世人多少慰藉呢？

然而，即使书院尚在，风声雨声，声声入耳几何？享堂犹存，风雨经年，僧庐禅雨得否？500年风又飘飘，雨又潇潇，红了樱桃，绿了芭蕉，年华易逝如此，何况物毁人非乎？纵使黎老淳公在天有灵，又能禅悟到些什么呢？

（五）待明日云楼解梦

沱江书院东行数百步，沿黄湖山东麓拾级而上蜿蜒徐行，经蒙生亭、秀才亭、举人亭、进士亭，历999级台阶至黄湖山顶之状元楼（又名云楼），极目四望，夕阳西下，波光粼粼，湖光山色，尽收眼底。此地原是县电视插转台，自搬迁至禹山后，县政府为彰显状元文化，乃修状元楼，与书院路、状元老街、状元文化新街、县一中学府、县教师进修学校、县职业教育中心、县清水高考补习学校及怀乡中学，还有与之毗邻的龙秀书院、仙人洞和状元山之黎淳享堂等，一并组成一幅颇具历史文化名城之鲜明特色的古城文化长廊。这是继华容县博物馆和清水楚灵王之"细腰楼"（章华台）之后，榕城又一历史人文景观。

己丑年仲夏月夜，养心斋主人（作者自号）携友登楼，提壶煮酒，临风览胜，凭栏处俯瞰榕城，撩情时吟诗诵月，释然之意油然而生。是时，薄风拂面，清露沾衣，皓月当空，杯盘狼藉。迷梦间妖童媛女，持扇而前，但云有先圣解史于斯，养心斋主人不妨聆听一二，或可释怀。于是我等执手而前，静坐以听先圣训示。

先圣云：古往今来榕城物华天宝，人杰地灵，于帝王而言，前有禹帝治水于斯，后有楚灵王淫乐于斯，一治一乱，是为造物主所为，历史进化如此，非人力之所及也。后范蠡公携西施商贾于此，当为榕城商圣。至于状元黎淳以文史立世，进士刘大夏则以武治成名，一文一武，实乃我华容之福也。

养心斋主人不禁问曰：榕城历届名人，上至禹帝，下至今贤，史载经传，各有所属。唯独黎淳，史不载传，后继无人，荒冢一堆没于草丛，数百年不得名世，缘何？今日修屋场，葺书院，重整仙人洞，是为还龙秀村民之愿乎？重建黎公墓冢，重置神道碑，扩建黎公之享堂，甚至立状元牌坊于状元街头，增建状元文化新街，是为彰显榕城厚重之文化底蕴以告世人耶？更有惑者，沿山之东麓，修状元文化长廊，置蒙生、秀才、举人、进士之四亭于侧，是为激励当今学子循序渐进乎？又建状元楼于山顶，置"状元卷""进士匾"等集于一楼，莫非寓意学业有成，登高望远而鹏程展翅乎？

先圣云：黎状元之不见于正史，非不能传之于正史也，一生事迹不可能永远荒冢草没。一时兴废，有如因果循环，春秋交替，为自然之理，世人见而不思则惘罢了。春华秋实为风景，秋风落叶三九严寒亦为风景，岂可四季皆春，夏荷长艳？易安居士之"红藕香残玉簟秋"，情景交融处，一显时物季节之变化，更寓人生冷暖进退之短长。人物如是，黎状元之神道碑、享堂、大屋场乃至仙人洞焉有例外？自有黎状元之日，就有状元文化，其忧国于民于君终其一生，虽不能以显赫功名惊天动地，却于细微处润物无声造福于民，这就是状元文化给后世人之启迪。黎淳生前之愿，即为做"清白吏子孙"，世人何须谢罪于黎公乎？今之榕城人，思古幽情，增其旧制，重现并修复历史遗迹，前承古人忧国忧民之情，后启学子鹏程万里之志，如此循环乃至无穷无尽，必定夯实榕城状元文化之元素，不正可谓榕城代有人才出，各领风骚数百年之意么？

养心斋主人惑然而问曰：何谓状元文化之元素？

先圣云：状元文化有狭义与广义之分。从狭义的角度来说：则是以黎状元为代表的忧乐国是之仕途文化。黎家大屋场、书院、享堂、神道碑、墓冢及与之有关的书院路、状元街、状元文化新街、读书长廊和状元楼等，均为其内涵。广义的状元文化则指：以状元楼文化底蕴为主体的历代帝王将相才子佳人而有誉于榕城者，均可视为状元文化之外延。可以预期，在不远的将来，黄湖山下将建造一所"华容状元文化博物馆"，到那时，禹山文化群、章华台细腰宫、刘大夏纪念馆、何长工纪念馆、华容博物馆以及"华容道"文化系列等若干历史文化馆址与之交相辉映，状元文化自当鹤立其中了。

养心斋主人听先圣言，如饮甘醇，恍然醒悟，还欲请教先圣，不料先圣手执拂尘，轻轻一挥，不知所去。眼前万家灯火映着远处的苍穹和朦胧的山岱，把一切装扮得那么神秘和清秀。风儿拍打着山后的黄湖水，吹动着松枝，仿佛要把昨夜的忧愤和悲情消融在难得的安宁与寂寞之中。山前的沱江水拍打着堤岸，带着波动的月光静静地向洞庭湖、向长江、向大海流去。夜色中，枕山踏河的黎淳墓安祥地睡在状元山的怀抱，和着蛐蛐儿的鸣唱。我仿佛看到仙人洞前的那五棵大樟树，亭亭玉立耸立在山下一中学府的操场上，或许这寓意五子登科的绿色精灵也是状元文化的一种象征吧。

己丑年8月22日凌晨草成于养心斋

回首不知归路远

——享堂山散记

湖南省华容县胜峰乡话岗村原本没有享堂山,只因大明王朝兵部尚书刘大夏(1436—1516年)寿藏于此,朝廷赐建尚书墓和尚书享堂。是故,山因名人而闻世,这处风景宜人的无名小山因而被名之为享堂山。

刘大夏陵墓前立有两块石碑,其一为"奉天诰命"碑;其二为"致仕敕命"牌。如果我们仔细研读这两块碑文,就会发现其间所透露出来的鲜为人知的秘密。

——题记

坐落于湘鄂两省交界处的桃花山,北倚长江,南滨洞庭,逶迤近100里。绵延起伏处,280余座大小山峰,在云缠雾绕之日,犹如群鲸戏海,蔚然壮观。其西南余脉之五谷峰与正南之雷巴尖山脉相衔，把一处十分醒目且小巧玲珑的小山岗拢在怀中。此山岗长年气候宜人，冬暖夏谅，翠竹婆娑，古柏虬劲。前眺金鱼垱湖，波拂晨风喜迎朝阳明月；后靠箭头山麓，群峰曼舞笑傲夜雪松风。这就是名闻遐迩的享堂山。

一

火烧赤壁曹操败走华容道经过此地时，享堂山仍是一处松柏翠竹覆盖的无名小山。即使从华容茶刘氏第三世祖刘宝（大将军）在山东随岳飞抗金、南下洞庭湖镇压杨幺起义后隐居湖南华容老鹳冲（今湖南华容县胜峰乡凤形村草堂）时算起，世人也只知有刘家屋场，而不闻有享堂山。其实，此地本无享堂山。

大明王朝正德十一年（1516年），兵部尚书、弘治中兴"三杰"（王恕、马文升、刘大夏）之一刘大夏（华容茶刘氏第十四代孙）病逝于华容老鹳冲"东山草堂"（今华容县胜峰乡凤形村），其子孙遵照尚书老人的遗嘱，将其安葬于他生前自己卜定的寿藏（今华容胜峰乡话岗村，离老鹳冲东山草堂约五里许）。五个月后，地方政府奉朝廷圣旨修建尚书陵墓，立功德碑，并在陵墓前的山坡下建起了一座蔚然壮观的尚书享堂，称之为刘家享堂，以供刘家后世子孙和百姓祭祀瞻仰。有道是，山因名人而闻世，由此这处原本由松柏翠竹覆盖的无名山地，因刘尚书享堂而得名享堂山。

刘大夏墓坐落在群山环抱的享堂山正南北向的山坡上,背山眺水,实乃藏风聚气之地。整个陵墓占地120平方米。墓冢为正八方体座形,全部由花岗石砌成,造型别致。墓前32级石级分三层台阶向下延伸。六只石雕瑞兽分别安放在三层台阶的两侧,第一层为最大的石狮,第二、三层石兽依次减小。精制雕刻的石香炉、石桌、石凳等,错落有序地摆放在一级和二级台阶的平台上。最让人肃然起敬者,当为一层台阶两侧,两名栩栩如生的石雕翁仲(文左武右)十分虔诚地守护在墓冢前,象征死者生前的文治武功。由此可见生前若无卓越功绩,是不可能有如此殊荣的。在二层台阶中央立着特制的由龟趺背负的明代弘治御制汉白玉石碑(诰命碑,高2米),右侧另立有明代正德皇帝赏赐的亦用汉白玉制成的石碑(敕命牌,高1.8米)。第三层台阶往下则是刘尚书享堂。享堂前300米为林道堤,两行茂盛的古樟树直接把人们的视线引向山口延伸处的金鱼垱湖。墓冢三周古松参天,修竹生风,数十株古樟枝叶茂盛,其间走兔隐匿,时有雀鸟欢歌。

这是一处并不算太大的墓寝,然而从其庄严肃穆的石级,到虔诚如一的翁仲、威猛祥和的石狮瑞兽,再到昭示皇恩浩荡的弘治、正德两位皇帝赐予的汉白玉石碑,再到端庄雄伟的享堂,如此高规格的墓寝,常人是不可以企及的。在这湘鄂桃花山脉绵延之处,那些生长于斯、致仕于斯、长眠于斯之历代位极人臣者,谁也无法与之并肩。即使是墓寝正南方雷巴尖山之仙人洞口的那一处墓寝——

刘大夏的恩师（同乡）、南京礼部尚书黎淳状元墓冢，至今仍较为清贫孤独地躺在那里静听夜月松风。虽然当年弘治皇帝亦赐建黎淳墓冢于黄湖山东麓，亦立有神道碑，建有享堂，四周松柏拱卫，然终不得以"翁仲"瑞兽立其侧也。黎淳也是大明天顺、成化、弘治三朝的南京工部、礼部尚书。他们二人既是同乡京官，还有师生缘分，且同事大明王朝三代帝王，为何有别如是？或许是因为黎淳常年在陪都南京而不在皇都北京之故吧。究其原委，乃是刘大夏积日月功德，播芳泽于万民，魂魄忠毅刚直，佐帝君而中兴，中兴社稷之重臣，黎淳不如大夏，是故龙恩泽被有异者也。500多年来，无论岁月峥嵘风雨侵蚀，还是盗墓挖掘人为摧毁，大夏墓竟然如此完好地保存下来，静静酣睡在这风光秀丽的享堂山上，于晨曦中迎湖光山色，于夜幕下听蛐叫鹧鸣。

徘徊在刘大夏墓前，轻抚那制作精细的大理石墓基，500多年前的往事，在历史的黄页中慢慢显现。刘大夏于天顺七年（1463年）中进士授翰林院庶吉士后，主动放弃留翰林院任职，而到兵部任职方司主事，辗转地方多年，最终官至兵部尚书，为明孝宗所用，操劳国事50多年，成为一代中兴名臣。今天，这一方水土上的乡亲们，在曙光初照的黎明，在风清月明的深夜，耳边仿佛还能听到尚书老人吟诵自述人生心迹的《西行草》和效忠社稷万民的《宣召录》，同时还时常向前来祭拜的、走过路过的人们，讲述500多年前刘大夏那些止兵戈、坐牢狱、兴武举甚至荷戈行伍的历史掌故。

风悄悄的，竹叶松枝在轻风中悠悠摇曳。此时，我仿佛听到了尚书老人与好友李东阳同游玉泉山而吟诵的《玉泉道中》一诗："晚来联骑踏青沙，风景苍苍一望遐；几处白云前代寺，数处流水归人家。莺啼别墅春犹在，马到西山日未斜；回首不知归路远，九重宫殿隔烟霞。"是啊，回首不知归路远，京城万里是故乡。刘大夏致仕后，终于回到了自己的老家休养，于正德十一年（1516年）病逝，享年81岁，葬于老家东山草堂（在今胜峰凤形村）西南五里处的箭头山麓。直到老人去世六七个月后，"朝命始至，谥'忠宣'，遣官谕祭九坛，以一品官礼造坟"。一代名臣在功勋卓越久经磨难之后，终于落下了人生帷幕，真正融入了生他养他的故土。昔日朝朝社稷之九重宫殿，而今只隔烟霞。

正史载：刘大夏年二十举乡试第一。天顺八年进士（1464年），改庶吉士。迁福建右参政，迁广东右布政使。改左，移浙江，擢右副都御史，召为左副都御史，历户部左侍郎，命兼左佥都御史，右都御史，总制两广军务。拜兵部尚书，加太子太保，赠太保，谥"忠宣"。居官50余年，历经天顺、成化、弘治、正德四朝。这是他四朝事君的人生简历。他有胆有识，敢于与皇帝据理力争，抑制豪强，革除误国害民之弊政。他从不为子孙营产业，祖传的田产亦任人侵蚀，不与相争。在他的熏陶影响下，子孙皆以清白传家。其子刘祖修科试不第，隐居山林，足迹不及城市；学臣按例授给冠带，他坚辞不受。其孙刘如愚任含山知县，后调升颍州知州，清廉亦如其祖。

"居官以正己为先"是刘大夏及其子孙的为官风范。"处天下事，以理不以势"是刘大夏的为官准则。刘大夏一生经历了四个历史时期，侍奉了四朝皇帝，一生仅以一言以正己："人生盖棺论定，一日未死，即一日忧责未已。"正如弘治碑云："爱君忧国，守正奉公。"观其一生，莫不如此。

天顺年间，英宗重登帝位，以选拔人才为其业绩。刘大夏得中进士，是为人生积极入世的起点。成化年间，宪宗因为其太子地位之反复，使其走不出万姐姐（即万贵妃，当时成化帝18岁时，万贵妃已35岁）与中官的呵护，虽不为昏君，但绝非明君。其时，刘大夏正值年轻气盛，所历四件大事，有起有落，实属自然。一是藏安南图，以息战事；二是反对朝鲜朝贡改道；三是不畏权势惩治阿九兄犯罪事，被冤入狱；四是出任福建右参政，以政绩闻。经土木堡之变后，大明王朝由盛转衰，宪宗皇帝未能中兴，其责任落到了弘治帝朱佑樘的肩上。是故，弘治一朝，人才辈出，举国中兴，为大明王朝起死回生奠定了坚实基础。良臣为其所用，能人为国尽才。刘大夏作为"弘治中兴三杰"之一，为弘治帝出谋划策，以尽人臣之道，可谓忠心耿耿。一是刘大夏数辞拜兵部尚书一职，而弘治帝则屡辞屡命，可见其忠勇刚直与善谋；二是谢绝揭帖事，可谓尽忠；三是早朝缺位事，足见弘治帝对其关爱有加；四是弥兵事（反对出兵蒙古），足见其深谋远虑；五是整饬兵饷民困以及轻徭役事，足见其忧国忧民。正德年间，刘大夏蒙难受冤而不改英雄本色，耕耘垅亩自食其力。后被抄家入狱，改判甘肃肃州，以七十三岁高龄而荷戈行伍，京师市民罢市相送，彰显一代良臣忠臣本色。直到正德五年（1510年）夏，奸臣刘瑾被诛，刘大夏才得以复官，致仕故里。50余年官宦生涯，50余年人生轨迹，坎坷莫言。即使是肃州归来，也不许"录其子孙"，可见其高风亮节。

《明史·列传七十》中有一段话，讲的是刘大夏七十三岁高龄就行伍事：比至戍所，诸司惮瑾，绝馈问，儒学生徒传食之。遇团操，辄荷戈就伍。所司固辞，大夏曰："军，固当役也。"所携止一仆。或问何不挈子孙，曰："吾宦时，不为子孙乞恩泽。今垂老得罪，忍令同死戍所耶？"是啊，为官之时，不曾为子孙谋半点恩泽，如今因罪肃州，怎么忍心让儿孙"同死戍所耶"？然而一旦致仕故里，则"教子孙力田谋食。稍赢，散之故旧宗族。预自为圹志，曰：'无使人饰美，俾怀愧地下也'"。一代良臣忠臣形象跃然纸上。

大夏如是也，有三则故事足以证之。史载一："安南使者入贡曰：'闻刘尚书戍边，今安否？'"这应该是刘尚书当年"止兵戈"藏安南图而使越南免遭战祸事而得到的善意问候。史载二："朝鲜使者在鸿胪寺馆遇大夏邑子张生，因问起居曰：'吾国闻刘东山名久矣。'"大夏致仕故里，尚有朝鲜使者询问起居，惦念如此，这应当是当年刘大夏阻止朝鲜进贡改道而有惠于朝鲜的感谢之情吧（湖南省华容县胜峰乡的"东山草堂"，刘大夏居于此，故号刘东山）。史载三："赦归，有门下生为巡抚者，枉百里谒之。道遇扶犁者，问孰为尚书家，引之登堂，即大夏也。"致仕扶犁于垄亩，不知是门生不识处江湖之远的先生，还是处江湖之远的先生已然不是居庙堂之高的先生。

《明史》赞"中兴三杰"曰："王恕砥砺风节，马文升练达政体，刘大夏笃棐自将，皆具经国之远猷，蕴畜君之正志。绸缪庶务，数进谠言，迹其居心行己，磊落光明，刚方鲠亮，有古大臣节概。历事累朝，享有眉寿，朝野属望，名重远方。《诗》颂老成，《书》称黄发，三臣者近之矣。"

刘大夏致仕故里，为自己选择了寿藏之地，朝廷则为大夏的寿藏之地建造了享堂。享堂山因刘享堂而名世，刘享堂因享堂山而不朽。一代良臣，进退如斯，功过是非，只有这享堂山为之评说了。

二

自尚书老人去世后，乡官遵朝命，在其陵墓前立有两块用汉白玉精心雕刻而成的石碑，其一为弘治十七年（1504年）大明皇帝孝宗朱佑樘赐予刘大夏的诰命碑，曰"奉天诰命"，立于大夏墓神道第二层台阶的正中间，高2米；其二为正德元年大明皇帝武宗朱厚照赐予刘大夏的敕命牌，曰"致仕敕命"，立于诰命碑右侧，高1.8

米。这两块石碑所记内容正好是大明王朝两代皇帝对兵部尚书刘大夏生平事迹的评定。皇帝赐碑之时，刘大夏仍健在，所以应该说是"未及盖棺而定论"。

其一，弘治帝"奉天诰命碑"文：

奉天承运皇帝制曰：文昌列八座之班，官资特重司马，统七兵之制，责任尤隆，必有文经武纬之才，兼以宿德老成之望，俾居是职，始称朕怀。咨尔兵部尚书刘大夏，廊庙英资，湖湘间气，谋猷深远，志行端方。召为台宪，东郡之水土遂平；擢佐地卿，朔方之刍粮俱足。付以总督之重权，风威大振于遐方，惠泽诞敷于黎庶。特膺简命，大纲小纪之毕修，内揖外攘之兼平。爱君忧国，守正奉公。弘治十七年二月二十五日。

其二，正德帝"致仕敕命牌"文：

敕太子太保兵部尚书刘大夏：卿术识优闳，德性纯厚。蜚声艺苑，绩学词林。部署分劳，藩司布泽。出台入省，累诚烦难。治水东川，饷军北徼。督岭海之重镇，制邦国之本兵。夙夜忧勤，弗遑暇逸，用是简于。先帝礼遇极隆，暨予绍述之初，尤切安攘之寄。顾乃素怀恬淡，屡乞退休，敦勉益坚，祈请弥迫，重违雅尚，方赐允俞，特加穹秩，以示优崇。爰给舟车，送还乡里。仍命有司，月给食米四石，岁拨人夫六名，应用于戲进礼退。义士君子之大闲，卿无愧矣。今归，其表率宗族，化导乡党，歆此大用，施于一方，茂膺寿考之祥，共享熙平之治，兹惟国家之光，卿亦永有誉于后世哉。故敕。 正德元年敕命。

从表面上看，两代皇帝对刘大夏一生为朝廷社稷和百姓所作出的历史功绩给予了高度评价。所不同者，一是时间上前后相隔一年，即弘治十七年（1405年）和正德元年（1506年）；二是"奉天诰命"是刘大夏还在尚书位时皇帝所赐，之后两个月，弘治帝崩，而"致仕敕命"则是刘大夏在正德帝继位不到一年后数次请求致仕归休故里获准时皇帝所赐。从碑上文字来看，似乎两代皇帝对刘大夏都是赞誉颇佳，均视为国家栋梁、社稷重臣。问题是为什么弘治皇帝在世时，刘大夏很少言及致仕之事，而正德帝继位不到一年就数次要求致仕呢（"屡乞退休，敦勉益坚，祈请弥迫"）？这绝不是刘大夏那种爱君忧国、为社稷苍生死而后已的处世风格。如果我们走进字里行间，结合弘治、正德两代帝王的治国历史，再结合刘大夏致仕后所遭受的迫害，也许就会发现两块汉白玉碑文中所隐含的历史玄机。至少可以提出三个方面的质疑：一是两位皇帝赐予"诰命"与"敕命"碑之时，兵部尚书刘大夏尚且健在，两位皇帝为何这样迫不及待地为刘大夏未及盖棺而定论？二是既然两代帝王已经定论的国家栋梁、社稷功臣，为何在其致仕两年后还被正德皇帝关进监狱，最终以73岁高龄荷戈就伍戍守边陲？三是为何正德帝所治刘大夏罪名之由来，竟然是成化帝（弘治帝的前任皇帝朱见深）年间事，过了两代皇帝再拿来说事，且这件平定边陲叛乱之事，在两块碑记中都以功德颂之，为何正德帝翻手为云覆手为雨？

如果我们细细咀嚼碑文中每个词的含义,也许会发现些许鲜为人知的秘密。我们不妨先来解读一下两位帝王所赐碑文大意。

明孝宗朱佑樘(弘治皇帝)所赐的"奉天诰命"碑,其深意集中体现在"谋猷深远,志行端方"和"爱君忧国,守正奉公"十六个字上。这是对刘大夏一生卓越功勋的充分肯定。且毫不含糊地列举了他一生中治理黄河(召为台宪,东郡之水土遂平)、整治粮道(擢佐地卿,朔方之刍粮俱足)、总督两广(付以总督之重权,风威大振于遐方)、劝告皇上轻徭惠民(惠泽诞敷于黎庶)和平定叛乱(大纲小纪之毕修,内揖外攘之兼平)等历史功绩。全文自"兹尔兵部尚书"起至"守正奉公"止,不多不少整整100字(除去标点符号),这大概就是所谓功德圆满之意。可见皇帝朱佑樘对刘大夏赞誉尤甚。

我个人认为,弘治皇帝的这种赞誉是出自诚心的,没有半点虚情假意。虽然弘治皇帝没有朱元璋、朱棣打天下取江山之文治武功,但在整个大明一朝,弘治一代,亦可谓中兴大明王朝最为圣明之君主。正如《明史》给予的评价:"明有天下,传世十六,太祖、成祖而外,可称者仁宗、宣宗、孝宗而已。仁、宣之际,国势初张,纲纪修立,淳朴未漓。至成化以来,号为太平无事,而晏安则易耽怠玩,富盛则渐启骄奢。孝宗独能恭俭有制,勤政爱民,兢兢于保泰持盈之道,用使朝序清宁,民物康阜。"明君出贤臣能臣功臣,昏君出忠臣隐臣佞臣,古往今来之位极人臣者,莫不所囿于是。试看弘治年间，朱佑樘虽然不是一个强势皇帝，但弘治朝却是明代政治最为贤明的时期。朱佑樘在位18年，期间没有权臣、太监与后宫的专权，没有大范围的冤案错案，没有大规模的对外战争与劳民伤财的皇家工程，弊政减到最低限度。故而贤臣辈出，刘健、谢迁、丘睿、徐溥、李东阳、王恕、马文升、刘大夏等辈，均为大明弘治朝道德高尚之人臣，其中刘大夏乃最为皇帝器重者之一。虽然他并不像刘健、李东阳一样位居内阁首辅，但作为中兴大明王朝的"弘治三杰"（王恕、马文升和刘大夏）之一，皇帝对他的信任已然超过了时任首辅大臣。《明史》曰："帝察知大夏方严，且练事，尤亲信。数召见决事，大夏亦随事纳忠。"真可谓君臣一心，共谋国是。被明英宗弄得已然破碎的大明王朝，在明孝宗力图中兴、除弊兴国的治国理念中，在刘健、谢迁、丘睿、徐溥、李东阳、王恕、马文升、刘大夏、杨一清等大臣的辅助下，出现了明代政治最为清明的时期，史称"弘治中兴"。是故，后世史家称弘治为"中兴令主"，以弘治朝为"中兴之世"。

　　由此可见，欣逢盛世、际遇弘治帝是刘大夏一生之大幸。明君独爱贤臣能臣，乃古今之理。孔子曰："君使臣以礼，臣事君以忠。"实乃弘治帝与刘大夏君臣之谓也。据史载，弘治帝与刘大夏确实有着特别的偏爱，或者说弘治帝对刘大夏有一种特殊的信任，甚至到了无以复加的地步。帝尝谕大夏曰："临事辄思召卿，虑越职而止。后有当行罢者，具揭帖以进。"（大夏以为揭帖事不妥：

"揭帖滋弊，不可为后世法。"帝称善）大夏每被召，常跪至御榻前。皇帝身边左右近侍辄尽被引避。"尝对久，惫不能兴，呼司礼太监李荣掖之出。"可见每次被召见时间之久，以致刘大夏站立不得行走不得而被太监"掖之出"也。据白寿彝著《中国通史》载："上无日不视朝。或三五日朝罢鞭响，上起立宝座上，高声：'兵部来！'于是尚书刘大夏跪承旨，由西陛以进。"信臣之形象跃然而出。又据《明史》载：一日早朝，大夏固在班，帝偶未见，明日谕曰："卿昨失朝耶？恐御史纠，不果召卿。"其深受眷爱如此，实为皇帝最为亲信的朝中重臣。

以上背景和史料可以说明，"奉天诰命"碑文是弘治皇帝的真情表露，也是朱佑樘自知不久于人世，唯恐自己驾崩后不能表达对国家重臣的褒奖，故而立此诰命以昭示后人。

正德皇帝"勅命牌"则不然。武宗朱厚照的"致仕敕命"牌，其中有数句关键词十分引人注目："卿禾识优闳，德性纯厚"，"部署分劳，藩司布泽。出台入省，累诚烦难。治水东川，饷军北徼。督岭海之重镇，制邦国之本兵。夙夜忧勤，弗遑暇逸"（真话，功绩无法抹去）；"先帝礼遇极隆，暨予绍述之初，尤切安攘之寄"（真话，但有怨气——先帝是先帝，我是我，不要拿先帝事压我，要按我的要求办我要办的事，我是寄予了"安攘"厚望的）；"顾乃素怀恬淡，屡乞退休（你刘大夏有点瞧我皇帝不来）敦勉益坚，祈请弥迫，重违雅尚（决意不为我做事）。方赐允俞，特加穹秩，以示优崇。爱给舟车，送还乡里。"（找借口，巴不得快走，莫妨碍我的好事）从以上文字可以看出，正德皇帝有怨气，找借口，认为既然你不能为我所用，那就看在先帝面上送你回家好了："仍命有司，月给食米四石，岁拨人夫六名，应用于戲进礼退。义士君子之大闲，卿无愧矣。"这样应该对得起你了吧。

真是不分析不知道，一分析吓一跳。原来这块"敕命"牌里的文字竟然这样或隐或显地表达了正德皇帝对刘大夏的不满。为何先帝手下的宠臣竟然会让新皇帝如此怨恨呢？如果我们了解一下正德帝朱厚照是一个什么样的皇帝，事情原委也许就清楚了。

先看正德帝为自己定的年号"正德"。仅看这年号，往往会误以为这个皇帝不错。孔子曰："为政以德。" 就是告诫帝王应该懂得以"正德"为要。而事实上，正德帝自定的这个年号，本身就是对他自己为帝治世的极大讽刺。明正德之年号，行缺德之能事，标榜德性而实无德性，此乃朱厚照为帝之真实写照。下面史实可以为证。

白寿彝先生《中国通史》中如是记载：

弘治十八年（1505年），朱厚照十五岁即位，年号正德。在他宠信的太监刘瑾等人引导下，他喜爱运动、游戏的天性得到充分发挥。他遍游宫中，架鹰犬，观歌舞，为角觚之戏。他又常恶作剧，每至奉天殿，便以猴坐犬背，放起爆竹，猴犬皆跳走。皇宫的庄严，皇帝的尊贵，他都不大放在眼里。正德二年（1507年），武宗在宫城西侧兴建宫殿数层，造密室于西厢，勾连栉列，称为豹房。开始，他只是白天在豹房戏耍，不久，就把豹房当作常居之所。他还与宦官们开设酒家，前挂一联云："天下第一酒馆"，"四时应饥食店"。宫中还开设宝和等六店，武宗曾扮作商人，与六店贸易，"争忿喧话既罢，就宿廊下"。皇宫对宦官来说是个牢笼，对皇帝来说也是个牢笼。武宗和其他皇帝的不同之处在于，他特别向往牢笼外的生活，所以，常微服行游京师。在刘瑾被诛杀后，游幸由近而远，多次至宣府（今河北宣化）、大同以及太原……

这是白寿彝先生对正德皇帝一生的简述。下面再从几件具体的事就更能看出这位正德帝的荒唐德行。某日，正德帝在乡村"采风"，爱上一个正在劳作的村妇，令车载而归，并赋词曰："出得门来三五，偶逢村妇。讴歌红裙高露足，挑水上南坡。俺这里停骖驻辔，他那里俊眼偷睃。虽然不及俺宫娥，野花偏有艳，村酒醉人多。"不仅如此，《中国通史》又有这样几处记载："武宗常夜行，见高屋大房则闯入，索要酒食，搜掠妇女。军士拆毁民房供炊，以致市肆萧然，白昼闭户。""武宗到了扬州，干了好几件极荒诞的事情：先是索取美女，而且专要处女和寡妇。太监吴经先至，记下寡妇及处女家。夜半令通衢燃炬，光如白日，遍入其家，掳诸妇出。遇有藏匿者，破垣毁屋，无一得脱，哭喊者远近震动。诸妇分送尼寺寄住，要其家以金赎，'乃得归'。贫者悉收入总督府。""武宗在扬州遍阅妓女……索取财物……下令禁止民间养猪（因为他是属猪的）。"正德皇帝德性如此，上有好之下必甚焉，而佞臣（宦官）刘瑾、于永、江彬等助纣为虐，也使正德帝荒淫之性更甚。

正德帝就这么一副德行，自然《明史》也就只能对他毫无顾忌地直白：

明自正统以来，国势浸弱。毅皇手除逆瑾，躬御边寇，奋然欲以武功自雄。然耽乐嬉游，昵近群小，至自署官号，冠履之分荡然矣。犹幸用人之柄躬自操持，而秉钧诸臣补苴匡救，是以朝纲紊乱，而不底于危亡。假使承孝宗之遗泽，制节谨度，有中主之操，则国泰而名完，岂至重后人之訾议哉。

弘治十八年（1505年）五月初七，三十六岁的孝宗皇帝与世长辞。孝宗崩，武宗嗣位，刘大夏承先帝诏忠心辅佐新皇帝。当时正在执行先帝遗诏裁减冗官庸官贪官的过程中，为此刘大夏一下子陷入四面楚歌的困境。武宗即位后，刘大夏根据孝宗遗诏，提出撤还镇守中官二十四员，裁汰传奉武臣六百余名，又得罪了一大批人。而正德帝不但不支持，反而听信谗言欲治其罪。明正德元年（1506年）三月，刘大夏痛武宗（朱厚照）昏庸，言不见用，事不可为，便连续上疏，所以有"祈请弥迫，重违雅尚，方赐允俞"之说。刘大夏离开尚书房告老还乡。孔子曰："邦有道，则仕；邦无道，则可卷而怀之。"当为刘大夏之谓也。

按理，刘大夏致仕后，处江湖之远，应该会在老家湖南华容县桃花山下的"东山草堂"教子弄孙，颐养天年。然而事情并没有这样简单，不测风云随时可至，"东山草堂"也不例外。

正德帝继位后，刘大夏秉承先帝之命列出要裁减的683个传奉官名单，其中就有锦衣卫将军薛福敬等48人。而在当时，锦衣卫、东厂与西厂是太监头子刘瑾把持的地盘，刘瑾见刘大夏要裁减他的嫡系人马，心中极为怨恨。明正德三年（1508年），也就是刘大夏回家养老的第三年，刘瑾在吏部尚书焦芳、副都御史刘宇的唆使下，以"籍大夏家，可当边费十二三年"为由，假广西田州土司岑猛事件，将刘大夏逮捕入狱，发配甘肃充当兵役，时年73岁。这里有一个疑问：刘瑾以成化年间事而欲置刘大夏于死地，那么为什么不以弘治年间事来惩治刘大夏呢？可能是如碑文中所言"先帝礼遇极隆"故也。而成化年间皇帝朱见深（弘治帝父亲，正德帝的祖父）实际上也是一个没有多大作为的皇帝，所以用其说事罢了。直到明武宗正德五年（1510年），刘瑾伏诛，刘大夏才得以平反昭雪回归华容故里，其时他已75岁高龄，真可谓"回首不知归路远，九重宫殿隔烟霞"矣。

一代能臣贤臣忠臣，竟遭如此厄运，时人实不堪忍。史载刘大夏离开京师去甘肃肃州服刑时，场面颇为悲壮。他布衣徒步而过大明门，叩首而去。时京城"雇骡马出都门，观者如堵，所在罢市，父老涕泣，士女携筐进菜食，有焚香密祷，愿大夏生还者"。真可谓良臣鉴日月，百姓一杆秤。

如今，这两块汉白玉石碑历经500多年风雨侵蚀，依然静静站立在华容县胜峰乡话岗村六组享堂山东南脊梁上的刘大夏陵墓前，与青山绿水为俦，与天地日月同寿。我久久伫立在石碑前，轻轻抚摸那饱经风霜后仍依稀可辨的碑文，"爱君忧国，守正奉公"八个字总在眼前跳跃，而"爱给舟车，送还乡里"八字，又让人别有一番滋味在心头。有道是，两块石碑临风立，一幅幽默山水画。明君见用，昏君遭谤，自古智勇忠贤侠义之士，莫不所困于是。这或许就是刘大夏墓前石碑给今人带来的启示吧。

2011年12月7日夜草成
2013年10月18日深夜修改于养心斋

母亲在世的时候

有人大代表、政协委员们近年相继倡议：将农历四月初二日定为中国人的母亲节。因为这天是中国大圣人孟子的出生日，为了纪念这位圣人之母的仁慈伟大，昭示母亲养育子女之功德，所以如是倡议。

母亲生我的那天，正好是庚子年四月初二日辰时。我的母亲在苦难中把我生下，也就永远铸就了自己苦难的一生。因此我只真诚希望我的母亲能够永远长存于我的心里。

（一）我出生在困难的年月

我的母亲是幸运的，没有死在日本人的屠刀下。鬼子兵闹洞庭的时候，母亲躲进一堆茅草中，在鬼子的刺刀下幸免于难。那时她是一位漂亮文静能干的农家闺女。不幸的是，母亲生我的时候，正是三年困难最严重的时期。

母亲临产的时候，我的父亲和我的一个姐姐，两个哥哥，为了尽可能让我的母亲吃得多一点，每人每餐自觉地献出五颗豌豆给我母亲吃。后来，父亲饿得实在没有办法，就等每餐别人吃完后，把集体桌上的剩菜全吞下去。那时候家里什么也没有，连破铜烂铁都全部"大炼钢铁"去了。父亲的劳疾也就是那时候种下的。

庚子年桃花谢了桃子开始熟了的时候，我的母亲把我降生到了这个人世。时值夏始春余，一位好心的邻居给我起名叫春桃（我现在的名字是我上高中的时候一个老师给我改的）。

俗话说月母子一月不见风。但我的母亲却在生我的第三天，被我家隔壁第三个屋场的"队长"硬逼着去十五里外的洞庭湖边打青草。身体瘦弱的母亲，在半腰深的湖水中打草，哪有力气打呀？她挑着半担湖草，全身透湿，昏倒在半路上。自此，风湿病、腰腿疼病伴随了母亲的一生。

（二）姐姐出嫁哥当兵

我的父亲是一个不会理家的男人，也是一个身患劳疾的病人，基本上不能干重活，家里一切都得母亲出主意，四处奔波。母亲除了仁慈，还十分细心能干。我的姐姐出生在旧社会，两个哥哥出生在新中国成立初期，可母亲从自家的特殊家境上考虑，认为她对他们在良知上做到了一个母亲应该尽本分的职责：给了出生的每个孩子一年的奶水，虽然并不富有，却问心无愧。然而对我，她一生愧疚，常对我的哥哥姐姐说：桃妹子（我们家乡把男孩子都用"妹子"称呼小名）一生没有吃过一滴奶，身体最差，哥哥姐姐要多疼点，多让着点。哪怕四年后我又有了一个妹妹，而这个妹妹是母亲的最后一次生育，她吃了两年的奶水，但是母亲还是最疼我。

其实母亲对哪个孩子都疼爱。虽然母亲目不识丁，她和父亲（小时候读了一年半私塾，因鬼子闹村而辍学，最终文墨不通）拼着命送子女读书，在家无分文、有了上餐难以着落下餐的困难时期，咬紧牙关送姐姐读了小学，大哥读了初中，二哥读了高中。我也读完高中后在知识青年"上山下乡"的浪潮中回家务农。但是因为家里太穷，哥哥姐姐都在无可奈何中放弃了自己心爱的学业，早早出工挣工分以养活全家。父母亲为了送子女读书，从来没有为自己的病花过一分钱，都是强撑着苦熬着。母亲每次在我们面前咳嗽厉害的时候就一个人偷偷地出去，把一大口一大口的血吐在哪个角落里，生怕我们看见，有时来不及了，就干脆一口吞下去。但是，我和二哥也只装着没有看见，怕说穿了让母亲心里更难受。每每如此，我二哥就对我说长大了一定要当医生为妈治病，我也在心里暗暗发誓，长大了一定要给母亲买最好的药吃。

到开始懂事的时候，我才知道姐姐是人民公社最早的卫生员，要是多读点书，她应该是一个优秀的医生了。"文革"的时候我又因感冒没有及时医治，引发了非常严重的肺炎，十几天高烧不退，到处借钱请大夫。好不容易找到一个最好的医生，因钱少而不肯用好药，烧还是退不下来，咳嗽也越来越厉害。

母亲望着我只剩下几口气了，也一筹莫展。那段日子母亲天天是抱着我亲着吻着，用湿毛巾敷在我头上，眼泪也哭干了。这时一个好心的肖大娘实在不忍心看下去，就做媒让我的姐姐以十块钱、两担谷的身价，出嫁在一个离家二十里外的婆家。就这十块钱、两担谷，埋藏了姐姐的青春和当医生的前途，让我全家度过了最艰难的两个月，自然也救了我的小命。姐姐出嫁那天，母亲哭得死去活来，到今天我才真正理解和懂得了母亲为什么会哭得那么伤心。姐夫是个忠厚老实的本分人（我一生最尊敬这个姐夫，可惜五十岁那年姐夫因患舌癌，长沙手术后医治无效，去世了），常来家中帮父母做事，好让我和二哥安心读书，因为这时候大哥已到部队参军去了。

大哥在十八岁那年参军，从此我家成了军属，每年能够得到一笔政府补助（那时政府补助半个劳动力的工分）。母亲想让大哥有一个好的发展前程，因为当时当兵是十分受人敬重的。她不想让姐姐为家庭牺牲自己的前途的事情再次发生在大哥身上。母亲知道自己身体已经不行了，支气管扩张，每天早晨起床都要坐在床头咳嗽一个小时左右，常常大量吐血，又不可能到哪里生出一笔钱来为自己治病，她生怕二哥、小妹和我完不成高中学业（那时候还没有恢复高考，毕业后只能回村务农），夜夜在梦中都在说梦话要父亲送我们读书。那时，我读小学六年级（那时小学本只有五年，可到了我们时却因为教育学制改革，延长了半年学制），二哥读初中，妹妹也启蒙了。大哥当兵六年，退伍的时候，二哥高中毕业回家务农，我正好也高中毕业。这六年，实在是我家最艰难的六年，也是这六年，让我学会了吃苦耐劳，学会了穷人的孩子早当家。说给今天的孩子们听，一定谁也不敢相信，我和二哥在完成学业的同时，几乎把家庭的生活用柴、猪草和家庭日常生活补给全部承担起来了。这些生活才真正培养了我们兄弟今天独立生存的能力和智慧。也可以这样说，我们基本上把母亲的聪明能干和吃苦耐劳的优良品德全部都继承了下来，为我们今后的人生铺就了道路。

（三）母子抱头痛哭

　　大哥当兵的日子，母亲因为自己的腰腿痛不能运动，又不可能置家事于不顾，常强装笑脸，教我们怎么样做农活、打柴、种菜、割猪草，下湖捕鱼、挖湖藕（我的血吸虫病就是那时得的）……假期时候，我二哥也不知从哪里学会了钓鱼，就天天在打柴、割猪草之余，把队上以及邻队的大沟小河全钓尽了，全身晒得黑黝黝的，每年要脱几身皮（用手一搓，身上的皮就一层层地脱下，有时可以一块块地撕下来），基本上保证了家里经常有鱼吃。有时我们还在母亲的指点下，到大队部的机埠去找平常最关心我们兄弟的谭师傅要废柴油，用草木灰搅拌均匀做成灯的燃料，晚上去稻田里照鳝鱼。二哥还用三片竹片，用刀砍成小齿作夹子，成为捉鳝鱼的一种专用工具。有时一个晚上能抓几十斤（那时候鳝鱼真多），第二天让多病的父亲去十里外的集市上卖，换取零花钱以补贴家用。到了冬季，不用母亲开口，二哥就带我去湖里捕鱼，挖湖藕。说来也怪，我们兄弟二人，不论做什么事，一学就会，所以，每年冬季捕的鱼和挖的藕基本上可以让全家吃上几个月。队上的哪个小孩都没有我们兄弟二人这么能干，大家都说我们乖巧，就连在队里插秧，插出来的样子都比别人的好看。这些主要归功于母亲的教诲和她的能干，母亲可以把我们弄回来的各种鱼和莲藕等加工成最精美的食品。随着我和二哥的逐渐长大，父母亲紧锁的眉头开始有了一点放松的时候。母亲也因为大哥经常寄来三五盒我们本地买不到的链霉素，大口咳血的时候也渐渐少了起来。可是一旦没有了这种药，母亲的咳血立即又恢复原状，而且气喘病又日重一日。由于找不到足量的药，二哥心急如焚，所以后来他发誓要从医以救母亲。

其实我和二哥心里都清楚，母亲从内心里不想我们去做这些不属于未成年人的活的，可是姐姐出嫁，大哥从军，家庭的困境，母亲和父亲的身体，家庭的重担只能由我们来挑起。但即使这样，母亲第一最重要的事就是要求我们读好书。只要我和二哥学习好，上进，她就高兴得无法形容。记得二哥高一时学校发展他入团，派两人来家调查社会关系（我们家的家庭成分是贫下中农），母亲当时高兴得让我无法用文字表述，只记得母亲第一是跑出去借来了十个鸡蛋，然后又出去不知从哪家借来了一块腌得非常好看的猪肉，还把家里封存在坛子里的腊鱼端上了桌。作为母亲，能看到儿子上进，还有什么比这更高兴的呢？我至今还记得，上小学时，因为成绩优秀，我被评为学习标兵，恩师吴老师用红纸把"向田春桃学习"的横标贴在教室里，母亲知道了，就抱着我的头哭。后来读初中了，成绩又是第一，当时的贫协主任在全校学生大会上号召全校学生向我学习，母亲也是抱着我的头哭。这是高兴的哭，这是自豪的哭，这是穷人家的孩子在没有依靠的前提下，父母无能力关照子女却又为父母争光的一种莫大荣耀的哭！我的学习越是好，母亲就越是关心我的上学。我家离初中学校有十二里路远，中午都是带饭去学校，只能吃冷饭（我的胃病就是那时得的），而且又没有足量的饭吃。下雪的日子，母亲一定送我出门。有一次因前天晚上去十里外的地方看电影《小兵张嘎》《地道战》《红灯记》等（那时很难看上一次电影，都要跑到很远的地方去看，不过队上一大群人，走着跑着，还是蛮有味的），回来又要赶作业（我从来不因什么事而不完成当天的作业，再累再忙就是到转钟几点都必须完成），起来迟了点，又赶上下大雪，急着上学。母亲也急了，生怕我迟到，就带我走近路，从一条大沟里横过去。当时结了很厚的冰，以为没有问题，谁知太急的缘故，不小心踩破了冰，我一下就掉进了沟里，这下母亲真的吓傻了：做母亲的天性容不得她有半秒的犹豫，飞身就跳进沟里，把我抱上来，一直跑回家。当时我真的不知道母亲哪里来的那么大力气（我读初中时只有60斤重，读高中时也只有80斤重），她帮我换好衣服后又送我去学校。这次母亲的病又复发了，咳血两个多月，我也病了两周。

上学、劳动、家务是我们那个时候的"必修课"，不可能有打退堂鼓的时候。我们家有一条不成文的规矩：我和二哥放学后就是打第二天的猪菜，而星期天就是打柴钓鱼以补家用。母亲喜在脸上，痛在心里，最担心的是怕影响我们的学习。因此我们每次要是读书回来晚了，她就会到几里外的路上等我们；要是打柴打猪草回来晚了，她同样会去接我们，还抢着挑担子。虽然她的力气已经挑不动了，但做母亲的责任和对儿子的疼爱使她产生出比天还大的力量，而且每次都抢着挑我的。

母亲对子女的爱是深深地爱在骨子里的，很少有用言语表达的时候。因为她自己不能长期下地劳动，没办法，只好把家庭的重担早早压在我们稚嫩的肩上。有一次二哥和我打猪菜，因为放学比较晚，一时间无法在田垄路边找到两天的猪菜，二哥与我一合计，就去队里的田里割了两大担油菜回家。母亲在家里等我们吃饭，看到我们累的样子，当时什么也没有说，把饭菜摆在桌上，让我们吃，她自己就出去了。我那天突然拉肚子去茅厕，却发现母亲在门外边暗暗流泪，洗脸巾都湿透了。我问母亲说："妈，是不是我们回来晚了你不高兴了？"母亲哽咽着说，不是，是你爸妈不好，没有能力，不能养活你们，让你们去做坏事。我要你们去打猪草，你们却把队里的田里的油菜偷回来喂猪，要是我能动得，要是你父亲身体好，能有力气出去割猪草，你们也不会去做贼呀！说完抱着我的头就大声地哭了起来。二哥听到哭声，撂下碗筷，也跑出来抱着母亲哭了起来，说："妈，是我要桃妹子偷油菜的，打我吧，我们以后再也不去偷了，我是怕今晚割少了，后天猪没有吃的，因为明天我们要考试，没有时间割。"越说母亲哭得越厉害，妹妹看见我们在哭，她也跑出来跟着哭。记不得母子抱头痛哭了多久，只记得那天没有月亮，寒风正紧，吹得树枝也如哭泣一般。

（四）二哥的大学梦

我们年少时，正值工农兵推荐上大学的特殊年代。我记得那时两部电影《创业》和《春苗》里就有歌颂工农兵大学生的情节，事实上，我们的初中、高中也是在走与工农兵相结合的道路中完成的。

我高中毕业那年的8月中旬，人民公社正好来了一批湖南医学院的工农兵大学生指标，我们村有一个推荐高中毕业生去读大学的名额。我二哥在大队是一名颇有人气的高中毕业生，但由于家庭背景低，当不了民办教师，这时贫协主任发话了：让罗妹子去（我二哥的小名），就这么简单。这一下可把母亲喜坏了！二哥要上大学了，这可是我们家第一大喜事，母亲自当尽最大努力来操办。二哥也如梦中一般。母亲特地卖掉了家里唯一一头合小格（124斤）的猪，为二哥添置行装，做新衣服，请剃头师傅上门为二哥理发，把家里生蛋的黑母鸡也杀了，给二哥做好吃的。平常过年也没有过如此丰盛？母亲此时已经不再像往年那样怕家里没有劳动力了，因为我已经高中毕业，只有一个小妹读书了，而且听说大哥也即将复员。

但是，天有不测风云。就在二哥准备出发的那天，却被通知因父亲历史问题原因（其实是被冤枉的），资格被取消了，名额被转移给了别人，母亲被气得口吐鲜血，后来就一直哭，病倒了。二哥也一直守着母亲流泪。就这样，二哥的大学梦破灭了。这件事也成为他一生最大的遗憾。

（五）母爱如天

母爱如涓涓溪水，清澈透明，如春兰夏荷，淳朴香远；母爱是一座山，深重厚实，万年常青；母爱是大海，博大汹涌，永不停息；母爱大于天、厚于地，任凭风云变幻、雷霆万钧，她都能化险为夷。我的一步步成长，就是在无边无际的母爱中泡大的。

我在外地读书的那些日子，家里还十分清贫，虽然比大哥当兵时好了许多,但依然少见荤腥(逢年过节也是如此)。父亲六十大寿那年,母亲在家里养了四只兔子。那一年为了给父亲祝寿,母亲卖掉两只,换钱买了一些鱼肉酒,又把另外的两只杀了,添了一道佳肴款待自家亲戚。父亲以为家里兔肉都吃完了,谁知那一年我放寒假回家,母亲竟又小心翼翼地从一个坛子里面掏出一个塑料包。塑料包里里外外包了好几层,打开一看,原来是半只熏得金黄的干兔子。母亲说:"我再也没有精力养什么鸡呀鸭的了,今年就养了这四只兔子,我们都吃了,只有桃妹子你没有吃。我记得你只在十二岁那年吃过一次,我看你很喜欢吃的,所以特意留了半只让你吃,今晚你就多吃点。"二十多年后的今天,每当我想起那天晚上母亲不时夹兔子肉给我吃的情景,泪珠子就在眼睛眶子里打圈圈,不由自主地掉下来。不到自己有了子女的时候,如何能够悟得出母亲那份比天还大、比海还深的爱。

  我成亲的时候,母亲伤心最多,因为别人家的孩子结婚,父母都有能力做一个像样的红砖瓦屋为儿子办婚事,我却连一间放新床的房间都没有。好在我爱人的学校里为我们安排了一间两进含一天井一个小厨房的房子。为此,母亲总觉得亏欠了我什么似的,一种己不如人的自卑天天写在母亲脸上。我有了女儿后,母亲执意要帮我带女儿,因为离我爱人的学校有二十多里远,无法天天回家。母亲这样做,表面上看是为我解难,其实在她的内心深处,她是在"还债"。她总以为这一生亏欠了我什么似的。但命运多舛,一天我在学校接到电话，说母亲在刚下过雨的天井里给我女儿晒尿布的时候，不小心踩在青苔上，脚一滑，把左手摔断了！我的天，母亲本来就是一纸空壳了，一身的病痛让她饱受折磨，如今却又把手摔断了。我赶回爱人学校的时候，母亲强忍疼痛，咬着牙对我说："桃妹子，妈真的对你不起，连小孩也不能帮你带了，是妈不好，不小心踩在青苔上，我应该看得见青苔的。"说完又咬着嘴唇哭，责备自己，"妈从小没有喂过你一滴奶，本想还留一口气帮你带小孩，可我怎么就这样不争气呢……"

年老后，为了方便照顾，大哥把母亲接到自己盖的楼房。母亲怕给大嫂添麻烦，一直坚持自己做饭。我们三兄弟每月定期给母亲一定数量的生活费和零花钱。在城镇都还没有普及液化气灶的时候，我们替母亲添置了液化气灶。我还特地给母亲买了一个较为高级的煤火炉，以便热水用。母亲担心给我们兄弟增加负担，一直省吃俭用，给她买的液化气灶几乎没有用几回。当母亲病入膏肓的时候，她拉着二哥的手，打开她身边贴身携带的一个小布包包，说：我走了以后，你把这里面的五个包发给我的五个孙子，这是妈一生最后唯一的一点心意了……二哥打开其中一个用红纸包着的纸包，里面竟是整整齐齐的1800元！五个1800元啊！大哥哭了，二哥哭了，我哭得心都碎了：娘啊，当年你送我和二哥读高中，送我去参加高考补习，没有钱，你要父亲卖口粮，借息钱，我知道你们是怎么硬挺过来的。如今您的三个儿子都出息了，可您就怎么就舍不得

就是这间小屋

花一点儿子们的孝心钱呢?

母爱如天,母亲的恩情永远铭记我们心中。

2007年7月18日深夜草成于养心斋

人物篇

冰雪消融的时候

快过年了，中国人都在准备着送旧迎新。外地工作的人们也都在计划着回家的日程。这时，江南人真的好高兴，终于在年前迎来了一场好大的雪，虽然有点寒冷。

然而这场雪下得好像与往年有点不同，没有往年下雪时的温柔，更没有往年下雪时的滋润，一开始就是江北的冷风绞着江南的冷雨，把一团团雪，一砣砣冰，塞进了江南每一个有人生活的时空，突然地把整个江南冰封在一个银白色的袋子里，婀娜柔媚地展示着她五十年来未曾有过的猛烈，贪婪地侵袭着江南睡暖了睡酣了的每一寸空间。开始时，人们都在欢呼瑞雪兆丰年，都在指望来年春花更艳。第一天，少见冰雪的孩子们乐了，滑雪溜冰做雪人。冰雪的世界给江南披上了银装素裹。第二天，好多农村学校虽然无奈却也高兴地取消了期末考试，放假让孩子们回家过年。此时大雪已经封山，交通已经中断，虽然不曾间断的冷雨冷雪还只是给习惯了江南生活的人们暂时的寒意。因为江南人知道，无论冰雪多大，雪后天晴一定就在明天。第三天,没水了,停电了,水管破了,高压线断了。城里的人开始紧张起来,纷纷找宾馆茶楼吃饭睡觉,但还是照样在休闲娱乐。只是人们在心里开始嘀咕今年下雪怎么与往年不一样,这雪下来后怎么就是不晴天了呢?第四天,江南的大小县城各家饭店宾馆茶楼,再也找不到睡觉和吃饭的地方,于是乐坏了那些拥有卡座和歌厅的娱乐场所的大小老板们,在县城各交通路口,自行车和摩托车基本见不到了(当然也有极个别敢于挑战极限的人们在南来北往的大桥上推着自行车和摩托车缓步前行),只有那仁慈的的哥的姐冒着风雪以上车十元、二十元的起步价格接送着必须出行的人们。第五天,爷爷奶奶爸爸妈妈们久盼归来过年的子孙,诸如在海南、福建等省份,以及广东本地的广州、深圳等地学习工作探亲访友的所有工农商学兵,全部滞留在火车站乃至京广线、京珠高速公路、各大小飞机场。这时,江南人终于在迎雪释怀的惊喜中猛然醒悟过来:冰灾!五十年不遇的特大冰灾!

(一)

在我居住的太阳村生活小区,自冰灾发生以来,多日停电停水。我家就住在这个小区的前栋西单元五楼,每天得靠到下面做小生意开餐馆的人家自己挖的手摇井里摇水,然后再提上楼。虽然已经有近二十年没有这样做过了,颇有一点辛苦,但是想到每天上下楼十来次就能够保证家庭用水,心里还是满意的,至少用不着到宾馆茶楼去排队挤座。晚上喝点小酒,再点上几支蜡烛,在暗淡的烛光下读一点孔孟之道,或者从书柜里找出发黄了的《林海雪原》,默默地打发当下冰封的日子。蜡烛虽暗,但比起小时候在家读书时的煤油灯来毕竟还是要强多少倍了。况且心里总有一种自信与期盼,认为这样的日子是不会太久的,一般江南下雪最多也就三五天。只是现在已经有了两个三五天,这雪下得怎么就越来越没个停了呢?

(二)

我家的水管已经全部冻裂,我们小区的水管已经全部冻裂,包括送水上楼的所有增压泵也都全部冻裂,整个居民楼的供水设备全部瘫痪,甚至在严寒的肆虐下,不到半月时间就把小区各家洗手间的下水道也全部凝固起来,人们不仅挨黑受冻,连在家洗澡上厕所的权利也被剥夺了。于是小区里的人开始每天打听有谁开到了宾馆,像火车站排队买票一样,轮流值班似的去相互续房洗衣洗澡。更有甚者,你如果想到哪家餐馆去吃饭,那还真得像在广州大酒店喝早茶一样排号等座,经常得等一两个小时。一场冰雪改变了小区人过年的习惯,他们取消了接父母进城过年的计划,改之以到乡下与老人亲友们团聚。

（三）

从腊月二十九日起，我所在的小区基本上每天晚上十点左右可以看电视了。人们心里最明白这电是怎么来的，电视上播送的那一幕幕惊天地泣鬼神的英雄壮举，让人们纷纷感动流泪。当我看到长沙街头那泪送破冰保电牺牲的三位英灵的十里长队时，不禁潸然泪下、泣不成声，坐在我身边的女儿也热泪盈眶。祝愿这些破冰安民的英雄一路好走！

（四）

在湖南衡阳县西口的一个普通人家，举办了一场没有新郎新娘，也没有亲家到场的结婚宴会。宴会上乡亲们亲人们照样高高兴兴地祝贺这家主人大吉大喜、儿孙满堂。这个无法参加婚礼的新娘就是我的亲侄女。

我是答应一定要陪我老兄送侄女去衡阳县完婚的。元月26日大清早，风正紧，雪正浓，我从早上七点就开始在路边打车，直到八点半才找到一位好心的的哥送我到岳阳火车站。我在岳阳车站等了一天，一直等到下午五点，结果等来了N753次列车停开的消息。我连忙给衡阳的同学打电话，结果同学告诉我：从腊月十八日开始，公路封了，铁路也封了，建议不要来衡阳！无奈之下，老兄叫我和我正在读大学的女儿退票回家（我女儿是去给侄女做伴娘），老兄自己也回南岳坡家里去了。侄女和她尚未举行婚礼的丈夫改乘另一趟"郑州——广州"的列车。他们在傍晚时上车，但到第二天下午还滞留在靠近株洲的路段，衡阳无论如何是不可能到达了。结果，这对新婚夫妇的婚礼竟是在火车的走廊上吃着方便面、挤着进进出出的陌生人中间举行的。而且我侄女的亲哥哥为了赶上妹妹的结婚典礼，提前两天从广州动身回湖南，结果在广州火车站等了十个小时才上了北上的火车，第三天早上因为线路中断，火车最终靠在郴州火车站，没有赶上妹妹的婚礼。

大年初一上午，侄女来电告诉我：京广线、京珠高速已经全线通车，她和她爱人已于大年三十晚上终于回到了衡阳婆家，与家人团聚了。尽管没有赶上亲朋好友的温馨祝福，但在这特殊的历史时期，团圆就是万福！

（五）

一场不曾有过的大会战开始了。一场没有硝烟的战争打响了。

冰雪在铁铲长镐的敲击下消融，铁锤铁棒在高塔电缆上挥舞。除冰车驶上了高速公路，"杀"出了一条又一条"雪路"。

春节时分，从京广线上，从京珠高速上，从南方各机场上辗转回到家人身边的人们，每每想起滞留在公路铁路上时，被当地人民热情帮助的场景，无不发出内心深深的感激。

风雪无情，人间有爱，大年三十的夜晚，仍然滞留在广州深圳、滞留在沿途各路段的兄弟姐妹，在地方政府的关怀下，也共同度过了一个充满温暖的新年。

（六）

对于江南这一场五十年不遇之冰灾，我们应该反思些什么？今后的日子里，我们将用何种方式，采取什么措施去解决这一问题呢？

中国有一句老话，吃一堑，长一智。通过这次特殊的生存大搏斗，人类在挑战极限之后，特别是当冰雪消融之后，一定会从中获得些什么。在失败中取得进步，在毁灭中学会聪明，这就是历史上无数次灾难给人类带来的训示与启迪。

草成于戊子年正月初三日深夜于养心斋

游记篇

就是这间小屋

走近鼓浪屿

有一个成语叫"玲珑剔透",如果用它来形容鼓浪屿的美丽,应该恰如其分。本为水中一岛,却赐名为"屿"者,实因其小巧玲珑,乃海中明珠也。在《中国国家地理》杂志主办评选的"中国最美的地方"榜单上,鼓浪屿高居"中国最美六大城区"排行榜榜首。鼓浪屿的美来自大自然的鬼斧神工,来自与之相联系民间众多美丽的故事。

鼓浪屿位于厦门岛西南面,与厦门岛只隔一条宽600米的鹭江,轮渡5分钟可达。鼓浪屿面积仅1.91平方公里,是厦门最大的一个卫星岛,常住居民2万人。岛上岩石峥嵘,挺拔雄秀,因长年受海浪扑打,形成许多幽谷和峭崖,沙滩、礁石、峭壁、岩峰,各自相映成趣。据史料记载,宋朝以前,鼓浪屿名"圆沙洲"或"圆洲仔"。当时,这个岩石遍布、水草丰茂的小岛,渺无人烟,只有白鹭海鸥栖息。宋末元初,渐有附近的渔民出海捕鱼来到这个小岛的西南隅沙坡登陆躲避风浪。之后,才有李氏家族上岛开发。岛西南方海滩上有一高过人头的礁石,中有洞穴,每当涨潮水涌,浪击礁石,发出"隆隆""冬冬"的声响,声似擂鼓,人们便称之为鼓浪石,鼓浪屿也因此而得名。明朝万历初年,漳泉名人丁一中在日光岩上题写了石刻"鼓浪洞天"。

有道是,"不到鼓浪石,枉来鼓浪屿"。凡来鼓浪屿之人,必到此一游。它仿佛是来自宇宙的一块陨石,坚硬、圆润。它由两块岩石相叠而成,由于长年累月受海水侵蚀,中间形成一个竖洞。石上顽强地生长着一棵经风历雨傲然挺立的相思树。海风吹过,枝叶摇曳作响,或缓或急,或柔或烈,似在呢喃诉说着什么,又似在急急切切地呼号着什么。千百年来,在大海中寻找生计的闽南人,栖息海难,日出而作,日落而息,多少浪漫的爱情故事,就这样在海滩边、榕树下、长堤上、礁石旁演绎着海浪春潮,延伸着历史灿烂。

就在这日光岩下,明末民族英雄郑成功曾屯兵于此,以抗强荷。今日光岩上尚存水操台、石寨门故址。1840年后,夷人的船坚炮利打开了中国的大门,弥漫的硝烟吞噬了这座小岛。此后,英、美、法、日、德、西、葡、荷等13个国家先后在岛上设立领事馆。他们建公馆、设教堂、办洋行、建医院、办学校、炒地皮、贩劳工,成立领事团,设工部局和会审公堂,把鼓浪屿变为公共租界。一些华侨富商也相继来兴建住宅、别墅,办电话、自来水事业。1942年12月,日军入侵鼓浪屿,对这里进行了残酷的殖民统治。直到1945年抗日战争胜利后，鼓浪屿才结束一百多年殖民统治的历史。

今天的鼓浪屿秀丽多姿，是海上花园、万国建筑博览馆和音乐之乡、钢琴之岛。小小鼓浪屿有钢琴600台，其密度居全国之冠。音乐弥漫着整个小岛，成为鼓浪屿别样绚丽的风景。

今天的鼓浪屿已成为享誉中外的旅游胜地，吸引着无数畅想爱情、追忆历史、欣赏美景的人来此驻观。

2006年6月3日深夜草成于养心斋

游记篇

海雾中的金门

做了四十年的梦,就想有一天真的能够看看金门。今天,在这阳光灿烂的海雾朦胧中,美梦终于成真。

清晨,我们一大早就起来了。用凉水洗去昨晚无法入眠的倦容,在街道拐角处的小摊上买了几个包子后,就匆匆忙忙登上了"郑成功号"。我在百般的焦急等待中,只想尽早看到魂牵梦绕的金门。为了看好金门,我特地带上了一台高倍望远镜。

"郑成功号"载着我们缓缓驶过了郑成功雕像,朝金门岛破浪前行。金门岛孤悬于厦门东面海外,扼厦港咽喉,为闽南屏障,与厦门最近距离仅有2310米,是厦门所辖县份之一。总面积为148平方公里,人口近5万。金门历史悠久,古称"仙洲"或"浯洲",自古有"海上仙洲""桃源胜景"之美称。从有关资料上获悉,岛上古有珠江夜月、丰莲积翠、啸卧云楼和仙阴瀑布等八景;今有太武雄峰、玉柱擎天、汉影云根和金汤剑气、榕园绿荫、龙山瑞霭等二十四景。而登临太武山巅或伫立于马山之顶,又可远眺祖国河山，令人神往。

　　在海上看金门是不可能明晰的，因为海雾太大。在望远镜的朦胧中，记忆的长河也很难聚焦，因为这海上的雾到了中午也没有完全拉开那羞涩的面纱。要真识金门面目，还得登高远眺。于是下午看完了"台湾民俗村"后，就直接登上厦门云顶岩。用高倍镜眺望金门，还真的十分明晰地看到了大小金门的全貌。大自然的奇妙无比，能让这世界充满诱惑。云再厚，总有风卷长云净天际；雾再浓，总会拨雾见日，长烟一空露真容；海再远，自有扬帆此去，沧海有涯更有年。

　　夜色深了下来，雾更重了，金门岛在高倍镜的暗光中淡淡退去，下得山来，金门岛全罩在海雾中。

2006年4月5日深夜草成于养心斋

游记篇

回眸一笑

回眸一笑——不经意的美唤醒贫瘠的心灵。

鼓浪屿是一首优美的诗，一幅流动的画——阳光、沙滩、海浪、音乐、传说、烽烟、别墅，它们在中国的东海上交织成一幅温馨迷人、千姿百态的画面，招惹着世人的青睐。

我珍惜着来自春天的诱惑，数着流连鼓浪屿的分分秒秒，生怕看不完这美妙的花季。还在厦门轮渡的时候，我就在盘算着这大半天时间有限，要择景而游。鼓浪屿有一条环岛路，蜿蜒6公里，我想就以轮渡码头为起点，向东往皓月园——大德记浴场——观光园——菽庄花园——港仔后浴场——英雄山隧道——鼓浪石——鼓浪别墅——华侨亚热带植物引种园——工艺美术学校——内厝澳——燕尾山——三丘田旅游码头——海底世界——轮渡码头，这一路下来，虽然看不完鼓浪屿的风光，欣赏大半也差不多了。心里还在琢磨着：海底世界就不看了，不就大同小异吗？小小鼓浪屿还能胜过北京的海底世界？还能胜过香港的海洋公园？而且，这里又是计划中的最后一站，还是节省时间品味这小岛花季的烂漫与美丽吧。

谁也想不到这是一个没有汽车的王国，也没有人力车，仅仅环岛路有一种供游览的电瓶车，男女老少，都得步行。令人更为不解的是，这里居然也没有人力轿子或者什么马车之类的。国内的很多景点都可以乘车坐轿。大一点的景点如庐山的三叠泉的石级都是人力轿夫的专利了，还有张家界的宝峰湖的石级也是人力轿夫的天下。桂林的三江四水之游，既可以坐汽车，又可以坐游船。记得在云南的大理我还坐过一回羊拉车。当然比不得香港的海洋公园全部是环山缆车和上下山电梯。而在这鼓浪屿上，只能选择步行。

我们这一行，沿着环岛路，踏着海浪声，在春风里赏景。由于景点太多，为了争取时间，只好与电瓶车同行。除了在皓月园和鼓浪石两处是步行，仔细观看之外，其他均坐电瓶车走马观花了，几乎就只是停车拍照，记录行程。本计划不去看海底世界，但是一对外国朋友和一个中国翻译的对话却引起了我们的好奇心。原来是翻译在向外国朋友介绍澳洲的海龙和中国最大的抹香鲸骨骼标本和还原的抹香鲸。我立刻意识到：这海底世界里有我从来没有见过的而且是做梦都想看看的稀世之宝。进去一看，我惊呆了：海底世界馆内展示了海洋淡水鱼有350多种，近万尾。此外，还有五彩缤纷的活珊瑚、濒临绝种的大海龟、难得一见的澳洲海龙、海马、亚马逊河的食人鱼、海象、印尼的巨鲨、石斑鱼、中国南海的珊瑚礁鱼类等，尤其引人注意的是那长达6米之多的最大的抹香鲸骨骼标本和还原的抹香鲸。若不身临其境，又岂能感受到如此的美妙！走进长80米的水晶宫隧道（地面由自运动输道和步行道组成），头顶和左右全是各种鱼群，大鲨鱼、大石斑、犁头鳐、海鳝、热带鱼蜂拥向你游来，伸手可及但又摸不到，隔着玻璃，十分壮观，也很刺激。在海底世界，我们整整流连了两个小时。

我在这里第一次看到了海龙，还看到了抹香鲸骨骼标本和用抹香鲸真皮还原的抹香鲸，以及从没有听说过的多达16种的亚马逊食人鱼。同时好笑自己，只知道有"海马"，竟不知"海马"与"海龙"原是近亲。我平常给人讲大海，还常常炫耀自己在亚龙湾下海摘珊瑚的故事，而自己竟然不知道"珊瑚"是一种动物：一种腔肠动物，是由许多珊瑚虫的石灰质骨骼聚集而成的，是海葵和水母的近亲。自己不是向来就把珊瑚礁当成一种石头观赏么？哪里知道是珊瑚虫藏在珊瑚单体内，分泌含石灰质的分泌物，经过钙化，才形成珊瑚礁呢？这大自然的智慧岂是我等孙山之辈体味得来？又岂是生命有限之凡人能尽皆知晓的？

2006年4月10日草成于养心斋

天下第一村

——张谷英村散记

（一）

历史的进步让人类沉浸于考古发现的喜悦，一时间把世人的眼光从山水楼台、高楼大厦引向深山野道、古镇斜阳。于是，江苏的周庄以天下第一水乡的姿态，展示着她迷人的风采；云南的香格里拉，也以其高原少女般的魅力，吸引着国内外众多的游客。然而作为"天下第一村"、有着"民间故宫"之誉的岳阳张谷英村，却还静静地躺在群山环抱之中，悠然地躲避着世人灼热的目光。

这是一座有着600多年历史的宗族古村落，它位于湖南省岳阳县以东的渭洞笔架山下，隐逸于山坳盆地中，背靠龙形山，面临渭溪水，四面秀峦环绕、竹松掩映，是我国目前保存最完整的，体现聚族而居风俗的明清时期建设的古建筑群。古村始建于明朝洪武年间，经过历代的修建，到现在已有大小房屋1732间，包括237个厅堂、1个礼堂、10间教室和1484间民房。村名以迁始祖张谷英姓名命名，至今已繁衍到第27代。目前全村共有600多户2600余人，都系明代张谷英的子孙。他们同宗同姓，聚居在同一个屋檐下，与其说这是一个大村落，倒不如说是一个大屋场。上海同济大学王绍周教授说，张谷英村可以作为汉民族聚族而居的代表，它集中国传统文化、平民意识、建筑艺术、审美情趣之精华于一身，在中国乃至世界建筑史上都有重大价值。考古专家认为，张谷英村集建筑艺术、民俗文化、宗亲文化、耕读文化、明清风貌之大成，堪称"天下第一村"。

1989年6月，张安蒙教授和上海八达影视公司以其好奇、热情和执着，第一次考察张谷英村后，摄制了长篇电视纪录片《岳阳楼外楼》，并由费孝通题写片名，首次在海内外播出。沉睡了600年之久的张谷英村才第一次轻启神秘的面纱。2001年，张谷英古建筑群被国务院确定为全国重点文物保护单位。2003年，张谷英村被原国家建设部、国家文物局授予首批全国"历史文化名村"称号。质朴的风韵聚于一居，深邃的文化钟于一村，构成了研究湘楚文化的"活化石"。

(二)

张谷英村以其建筑规模之大、风格之奇、艺术之美而甲天下。

"分则自成庭院、合则贯为一体"的独特框架，是张谷英大屋场古建筑第一绝。600年来，张谷英村几经沧桑．基本上保留了原状。比较完整的门庭有"上新屋""当大门""潘家冲'三栋，总建筑面积51000平方米。三栋门庭各自分东、西、南方向设置。主庭高壁厚檐，囤屋层层相因，总体布局依地形呈"干枝式"结构，主堂与横堂皆以天井为中心组成单元，分则自成庭院，合则浑然一体。其"形离势合"的布局，在对称、均衡、向心的"干枝式"结构中，充分体现出封建家族制度长幼尊卑的准则和团结，凝聚的思想，也体现出星相相通、地理吻合的天人合一的哲学思想。我国古代城市建筑都取法天地星相以象征权势地位，譬如唐代长安就是以二十八星宿拱卫北极星来象征王权以求能够天下归服、长治久安。大屋场里，规格不等而又相连的每栋门庭都由过厅、会堂屋、祖宗堂屋、后厅等"四进"及其与厢房、耳房等形成的三个天井组成。顺着屋脊望去，张谷英村整个建筑就变成了无数个"井"字。厅堂连廊栉比，天井星罗棋布，工整严谨，格局对称，形式、尺度和粉饰色调都趋于和谐统一。建筑材料多以木材为主，青砖花岗岩为辅，气势恢宏，成为村落建筑中的一道特殊的亮丽景观。

"溪自阶下淌，门朝水中开""天晴不曝晒，雨雪不湿鞋"，是张谷英大屋场古建筑第二绝。从高处眺望，四面青山围绕着一片屋宇，房屋大都是依山而建、伴溪而筑，渭溪河迂回曲折穿村而过，河上大小石桥47座。屋宇墙檐相接，参差在溪流之上；傍溪建有一条长廊，廊里用青石板铺路，沿途通达各门各户，连接每一条巷口；巷道共有60条，纵横交错，通达每个厅堂，最长的巷道有153米。

巷道是张谷英村大屋的筋脉，它幽深、曲折、四通八达，联络着主干与肢体，连接着一个个小家庭。当你跨进张谷英屋场前门"当大门"高高的石门槛，一切开始对称起来。走过前厅，是一个明亮洁净的庭院，两旁是两口花岗岩石条砌成的池塘，祖先们用来防火之用的"烟火塘"已被现代人植荷养鱼。踩着麻石，穿过庭院，或四进，或五进，一重接一重的是高堂和天井，向左向右，两侧的巷道都会将你引向另一个几乎相同的空间，这便是"四进三井"的房屋布局所带来的奇妙。巷道南北进深，东西走向，成功地把家族建筑群体串联在一起。各家庭邻舍之你中有我，我中有你，同时又有各自独立的生活空间，显得完整而宁静，这是家族的融洽亲和的表征。人与人、人与自然在这里达成了一种默契，形成一种难得的"天人合一"的和谐。大屋之间那四通八达的巷道，都很悠长，无数幽远历史的掌故，滋生在这迂回曲折、重重相接、忽明忽暗的巷道里。如此奇观，令人叹为观止、流连忘返。

天井为载体，合理通达、从不涝渍的排水系统，是张谷英大屋场古建筑第三绝。这里的天井随处可见，堂屋、厢房、厨房等处均有天井，全村共有天井206个，大的达22平方米，小的也有2平方米。这些天井，除了提供采光和通风条件外，还在排水方面起到了尤为重要的作用。天井的四周和底部都是用长条花岗岩和青砖砌成的，但不管怎样仔细观察，却始终找不到其中的排水管道，人们很难猜测到水流入天井后，到底是流向何方。两个鸡蛋大小的排水口吸纳着天井的全部雨水和生活用水，仿佛玩累了渴极了的孩子，一口气把这全井的水吞进肚子里，半点不剩。曲水流觞的下水道，畅通无阻，600多年来，虽然经历多次暴雨洪灾，但从来没有出现过天井渍水堵塞之事。

（三）

张谷英村除了建筑设计之三绝外，民俗艺术更是丰富多彩，尤其是趣味横生的雕梁画栋，更是成为张谷英村大屋整体美的重要组成部分。屋场木上雕花，石上刻字，处处皆画，步步有景，被誉为"民间故宫"。

走进张谷英村，集儒道文化于一身的雕刻立刻把人引入一座民间艺术的圣殿。大屋内，琳琅满目的雕画，令人止足翘首，目不暇接。石刻结实厚重，富有力度；木雕精致流畅，情趣盎然。门楣，窗棂上的木雕精致美丽，充满情趣，其花纹图案包括花卉鸟兽、人畜风情、福禄寿禧，不胜枚举。这些雕刻有一个最大的特点，那就是与金钱关联者甚少，与田园生活、耕读传家、忠孝节义、淡泊明志等关联者居多。由此观之，张氏家族对后代的教化重在修身养性、安贫乐道。整个大屋场共有3000多处雕刻，无一雷同，且线条或凝练浑朴，或婉约清矍。雕刻风格与大屋场的风格十分和谐，洋溢着丰收、祥和、融融乐乐的太平景象。

最引人注目的是屋场内著名的浮雕《八骏图》。画面中，绿草茵茵，小溪淙淙，柳絮飘飘漫落于山水草地；两只口衔灵芝草的梅花鹿，笑傲群山；八匹春潮波涌的骏马，嬉戏无羁，回眸招侣；一只小鸟在地上自由地觅食。如此奇妙的构思、老练的刀法，生动地刻画出一派"刀枪入库，马放南山"的古代和谐社会景象。这既是张谷英村整个宗族族人生活惬意，百业兴旺的象征，也是张谷英归隐深山与世无争的心灵写照。而更令人赞叹的是，这些雕刻经历几百年的风雨侵袭，不弯不裂，依然完好如初。

值得一提的是，在当大门上方和檐内，浑圆的栗柱上都刻有太极图案。《周易》云："易有太极，是生两仪，两仪生四象，四象生八卦。"以此循环，象征自然万物有道，时变道亦变，以祥和取之。它是我国古人对宇宙万物社会人生经验的概括和总结。张谷英把它刻于大门，既有防邪止恶之意，又象征了天人合一与幸福圆满。而在檐内，浑圆的栗柱上、屋檐下镂雕的是精巧的小鹿，窗棂、间壁以及隔屏大多以雕花板相嵌，图案有喜鹊、梅花、猛兽之类，栩栩如生。这些都象征着人与自然的和谐，象征着家族代代兴旺。我记得北京故宫的雕刻有象征国泰民安、四海威服之意。谷英公此举，其意若是。

其实，张谷英村每一户人家中的大门槛，也都蕴藏着丰富的民俗文化。门槛里面是方形结构（内方），门槛外面则是圆形结构（外圆）。这才是张谷英老人治理家族思想的集中体现。而这"内方外圆"什么意思呢？至少可以这样解说，"内方"取自儒家和道家的"内圣"之说（也有法家的法治思想在内），即教育子女在家修身，家教必须严格，必须把自己培养成为具有圣人一样的品德和操行。因此其"耕读文化"即源于此意。"外圆"则是儒家处世的"外王"哲学，走出家门，做人做事必须"中和"而圆满，不可没有底线。这张谷英村的大门槛，真是妙不可言。

（四）

建筑是凝固的音乐，建筑是艺术的载体，建筑是社会政治、经济、文化的交响曲。几千年中国文人，徘徊于儒释道之间，达则兼济天下，穷则独善其身。他们进则崇儒，退则尚道，养心则佛。张氏先人在显达高位上急流勇退归隐山林，与明月山禽为伍而安于田畴。以宗儒齐家治族，以崇道养性修身，这就是张谷英村深沉的文化底蕴和张谷英耕读文化的教育理念。

"世业崇儒"是先祖张谷英耕读文化的精髓，也是其以"书声"振"家声"的齐家治族之道。看看张谷英大屋祖先堂的对联和横额，就可知其避世立身齐家而世业崇儒的全部思想内涵："春祀秋尝，尊万古圣贤礼乐；左昭右穆，序一家世代源流。"横批是：

"世业崇儒。"通过这副对联，向世人昭示了张氏家族尊书崇儒、孝友传家的精神内核。

"兴门第不如兴学第，振书声然后振家声。"读书达礼成为张谷英村人最内在的追求，也成为这个庞大家族赖以生存的精神和力量。位于当大门第五进西边的青云楼，就是张谷英村培养人才的所在，从明末起这里就成了村里的私塾。如此家风在一代一代地传承中，沉淀为中国大山深处一种特有的耕读文化。

张谷英的第22代孙、73岁的张正国，曾担任过渭洞中学的校长，就在这青云楼上，含辛茹苦43个春秋。他告诉大家，《张氏族谱》家训有云："不求金玉富，但愿子孙贤""忠孝吾家之宝，经史吾家之田""子孙虽愚，经书不可不读""寒可无衣，饥可不食，读书一日不可误"。这是一个重文化、求进取的家族。在这个近乎与世隔绝的村落，民国前，出了进士1人、举人7人、贡员1人、贡生6人、秀才45人、太学生33人。新中国成立之后，这里的重学风气依然，几十年来培养了200多名大学生，包括2名博士生、1名留学英国的博士后。从商治学者有之，耕牧为官者有之，悬壶济世者有之。

新世纪的风吹拂在龙形山下，改革的潮汹涌在渭河水边。但愿古屋不老，山村依旧，香火万载！

2006年10月6日晚草成于养心斋

古城琴画

背倚苍山十九峰，面濒洱海万顷波的古城大理，始建于公元779年，又名叶榆城、紫城。公元780年，南诏王阁罗凤的孙子异牟寻迁都羊苴咩城，是为南诏国都。公元938年，段思平建大理国于羊苴咩城，始称"大理"。从唐至宋，两个王国建都于此，其间连绵500多年，大理一直是云南的政治、经济、文化中心，也是远古茶马古道和西南丝绸之路上的滇西重镇。素以"文献名邦"著称的大理，古城妖娆神韵，自然风光秀丽迷人，民族风情多姿多彩。古今中外的迁客骚人、名人雅士，纷纷来此观苍山"炎天赤日雪不容"，赏洱海"风里浪花吹又白，雨中岚影洗还清"。古人云："苍山不墨千秋画，洱海无弦万古琴。"这号称东方日内瓦的古城大理，历来为世人所倾心的秘密，就是因为这苍山之麓，洱海之滨。

这次来到大理，思绪颇多。登城览胜，低头思古，心想用"风花雪月"四字又岂可解得开这千秋画、万古琴？我琢磨着，古城大理，应该就是一部丹青妙手画不完的历史卷，教坊名流唱不尽的人世情，更是一部现世安稳、宽容祥和、岁月静好的浪漫传奇。蝴蝶泉边阿鹏金花的爱情童话，崇圣寺三塔妙香佛国的遗韵，南诏风情岛昔者王都的庄严与气派，苍山洱海春秋古国的旧梦新缘，就像缕缕春风，丝丝细雨，编制成一曲绚丽多彩委婉动人的的高原交响曲。我捧着大理这本厚重的史书，独自徘徊于古国旧都的城楼，倾听小城诉说旧事遗梦，任这远古城墙引领，寻找5000年前幽深的路，借慰历史的深思来寻找大理的过去、现在和将来的风景，酣吻着美，编织着梦。

竹帛书简上曾经这样写道：云南拥有26个少数民族，是我国及亚洲迄今为止发现最早的直立行走的"元谋猿人"的故乡。唱着远古的摇篮曲，在弯弯的月亮下面，神秘笼罩着大理这片神奇的土地，繁衍生息而饱饮苍山雪洱海水的大理人，踏着祖先的足迹，从远古走来，创造了灿烂的新石器文化和青铜文化，使大理地区成为云南最早的文化发祥地。到公元前4世纪时，史称"昆明之属"或"昆明诸种"的氏族部落，就分散居住在大理这块透出灵气的土地上，从事定居的农业生产和游牧生活。自公元前211年秦王朝经营"西南夷"建立行政机构和西汉王朝在大理设置县制（县城名为"叶榆城"）开始，大理人就自觉地维护祖国的统一，为国家主权、民族团结、经济发展、科学文化的繁荣做出了杰出的贡献。

民族融和，助推国威，是大理人淳朴的美德。当年南诏国阁逻凤在加强古国统治的同时，极力推崇汉文化，以汉文教授贵族子弟；异牟寻在积极倡导学习、推广汉文化同时，还派遣子弟到四川成都学习。他们对汉文化在南诏的传播起到关键性的作用，为促进各民族的融合和发展做出了历史性贡献。还有大理国时期著名的白族宫廷画师张胜温，明代白族思想家、文学家、史学家李元阳，也为文化艺术的发展与继承做出了贡献。到了现代，曾与张太雷、邓中夏一起领导省港大罢工的白族第一位中共党员张伯简，被誉为"白子将军"的周保中，被誉为中国现代著名的军事家、战略家的杨杰，都是这方热土孕育的英才。再看看下面这几位风云人物，就足可以领略新一代大理人不甘人后，扬我国威的天之骄子的风范。赵藩，这个在古城里长大的山娃娃，以诗文盛名盖世，以忠义刚正育人，作为一代教育家，以高瞻远瞩的气魄与大海包容的胸怀，培育出近代中国历史上惊天动地的三朵奇葩：蔡锷、李根源、周钟岳，倍受国人称道。张丽珠，她的温柔娴雅不足以形容她的美丽，"送子观音""试管婴儿之母"才是对她中肯的评价。作为中国著名的妇产科医学专家，她于1988年3月试验成功了中国首例试管婴儿，使中国跻身于国际领先水平。还有一个人，他身上的光环，足以使国人扬眉吐气，更足以使这古老的大理古城熠熠生辉。他就是中国功勋卓著的航天技术专家，中国空间事业开创人之一、著名卫星总设计师、空间返回技术学科带头人，中国科学院院士，国际宇航科学院院士，1999年9月荣获"两弹一星功勋奖章"的王希季。正是这些杰出的英雄们，用人生绘就山岳，用奇迹装点湖海，用血脉谱写国魂，用自豪笑傲世界。江山代有人才出，数风流人物，还看今朝。

醉听箫鼓，只因吟赏古城烟霞。忽然想起明朝地理学家王士性对大理古城的由衷赞美："乐土以居，佳山水以游，二者尝不能兼，惟大理得之……雪与花争妍，山与水竞奇，天下山川之佳莫逾是者。"山亦在高，有仙自鸣，水亦在深，有龙更灵。为什么20世纪50年代末期竟然给世人带来如此大的诱惑力？不正是因为有五朵金花在翩翩起舞之时，女高音歌唱家赵履珠的一曲《蝴蝶泉边来相会》所产生的心灵振荡么？而从这大理古城里飞出来的著名舞蹈艺术家杨丽萍，成为中国舞台乃至世界舞台上最为绚丽的一只孔雀，轰动世界，难道不正是凭借大理的《雀之灵》，沐浴晨曦，深悟大山湖海之灵气，终成正果么？山水因人而灵秀万世，人因山水而流芳千古，这就是大自然的哲理。

大理，这部浪漫的传奇，我在慢慢地细心地品着。

大理，这部厚重的历史，我在默默地深情地读着。

2006年7月25日凌晨于养心斋

夜幕下的黄鹤楼

太阳快下山的时候，我们还陶醉在武汉东湖的风铃纵波、绿柳垂涛的诗情画意中。流连忘返的同事们也许忘记了还有观赏黄鹤楼的最后一个行程。直到下午五时许，我们才匆匆忙忙赶到黄鹤楼公园，好像是为了完成任务似的。我当时想，此时去登楼赏景，时间已经不够用了，权当是王子猷雪夜访戴，乘兴而去，尽兴而归吧。

我对黄鹤楼的仰慕之情，源于崔颢《黄鹤楼》一诗，就像人们去岳阳一游，终归于范希文忧乐天下的《岳阳楼记》一样。其实崔颢的诗作也应源于一个古老的传说。据说有位名叫费伟的人，在黄鹤山中修炼成仙，然后乘黄鹤升天。后来人们为怀念费伟，便在这黄鹤山上建造了一座黄鹤楼。崔颢诗云："昔人已乘黄鹤去，此地空余黄鹤楼。黄鹤一去不复返，白云千载悠悠。晴川历历汉阳树，芳草萋萋鹦鹉洲。日暮乡关何处是，烟波江上使人愁。"诚然，黄鹤楼濒临万里长江，雄踞蛇山之巅，挺拔独秀，辉煌瑰丽，很自然就成了名传四海的游览胜地。历代名士如崔颢、李白、白居易、贾岛、陆游、杨慎、张居正等，都先后到这里游赏，吟诗作赋。其实关于黄鹤楼的来历，还有一说。当年在湖北武昌蛇山的黄鹤矶头，有辛氏一家在此开设了一家酒店，在这个酒店里，有一道士为了感谢辛氏千杯之恩，临行前在壁上画了一只鹤，告诉辛氏说这只鹤能从墙上下来起舞助兴。从此宾客盈门，生意兴隆。过了十年，道士复来，取笛吹奏，那只鹤便从墙壁上走了下来，直到道士身边，于是道士便跨上黄鹤直上云天。辛氏为纪念这位帮她致富的仙翁，便在其地建楼，取名"黄鹤楼"。这个传说倒还蛮有人情味的。

自古以来，关于黄鹤楼名字的由来，有"因山""因仙"两种说法。从仙的方面讲，无论是费伟说还是辛氏说，都很有趣，也很动人，完全符合世人茶余饭后的谈资需求，但都不是黄鹤楼名字的真正由来。据考证，黄鹤楼名字的由来，是因为此楼建在黄鹄山上，实际上是楼名因黄鹄山名而得名。因为古代的"鹄"与"鹤"二字，互为通用，故将此楼名之为"黄鹄楼"或"黄鹤楼"。因山得名之说从地理学的角度为黄鹤楼得名奠定了基础，而因仙得名之说则令赏楼者可以插上想象的翅膀，充实了多元文化的内涵，满足了人们的审美和精神超越的需求。今天，无论从地理学的角度还是从审美的角度来说，这两种说法并行不悖、相得益彰。

我们一行五人，登上黄鹤楼，此时已经是日落时分，一抹余晖把黄鹤楼照得金碧辉煌。为了尽可能多看点景色，我们省去了许多枝节，直接随同讲解员前行，边听边拍照。同事们"玩"兴很浓，一路踏歌而行，时而扶肩搭背，时而对着相机嫣然一笑，我也理所当然地抓拍了不少照片。之后，我们拾级而上，走马观花地浏览了黄鹤楼公园。目前黄鹤楼所在的蛇山一带已经被当地政府建设为黄鹤楼公园，总面积大概有10余公顷，种植了许多花草树木，还建有牌坊、轩、亭、廊等建筑，如白云阁、搁笔亭、千禧吉祥钟、"鹅"碑亭等，尤其是有一处诗词碑廊，其碑刻内容为当代国内书法名家书写的历代名人吟咏黄鹤楼的诗词名句。碑墙上共嵌有石碑124方，全部根据真迹描摹镌刻，看后让人惊叹不已。在主楼周围还建有胜象宝塔、山门等建筑。当然，在黄鹤楼公园里，最让人注目的还是那黄鹤归来铜雕，位于黄鹤楼以西50米的正面台阶前裸露的岸石上，由龟、蛇、鹤三种吉祥动物组成。龟、蛇驮着双鹤奋力向上，黄鹤则脚踏龟、蛇俯瞰人间。该铜雕系纯黄铜铸成，高5.1米，重3.8吨，看来是镇园之雕了。

公园里景点很多，让人目不暇接，流连忘返，但主要景点则是黄鹤楼。这也是我们今天傍晚观赏的最主要的景点了。于是我们一边登楼，一边听讲解员介绍情况。今天的黄鹤楼楼址，正好处在山川灵气吐纳的交汇点，不管是巨商富贾还是黎民百姓，只要一登上这黄鹤楼，心灵与宇宙意象互渗互融，立马就会获得整个身心的愉快，从而使心灵净化，这大概就是黄鹤楼的魅力之所在。目前黄鹤楼已成为我国中部地带中心城市武汉的一个标志。我们随讲解员到了主楼，而且很快就上了五楼，为的就是要不放过这夜幕下的江城景色。粗略看完并拍下历代黄鹤楼重建的照片后，走出五层大厅，来到外走廊，举目四望，视野立即开阔起来。这里高出江面近90米，大江两岸的晚秋景色，历历在望，令人心旷神怡。"落霞与孤鹜齐飞，秋水共长天一色"，虽是王勃对江西南昌滕王阁的赞美，然而此时此刻若借用于此，也不为过。近处武汉长江大桥，两边灯火辉煌，像两道流光直射楚天。武汉三镇四周街灯一片，就像无数耀眼的珍珠，鳞次栉比。远处汉水一练，长江一带，两江会合处，已于暮色苍苍中透出乳白色的灵气。更为醒目的是隔江相望的晴川饭店（24层高），与黄鹤楼竞相媲美，与长江大桥虎虎争雄，装点得江城武汉的夜景格外绚丽。

这时我想起黄鹤楼底层高大宽敞的大厅来。记得其正面壁上有一幅巨大的"白云黄鹤"陶瓷壁画，两旁立柱上悬挂着长达7米的楹联："爽气西来，云雾扫开天地撼；大江东去，波涛洗净古今愁。"忽然觉得，这副楹联不正是对二楼大厅的"孙权筑城""周瑜设宴"，三楼大厅的唐宋名人"绣像画"以及顶层大厅的《长江万里图》长卷等楼藏文化的集中概括么？若把这些融入此时此刻的江城夜景，一定会给人一种不一般的感觉。黄鹤楼极富个性，与江南三大名楼的岳阳楼、滕王阁相比，黄鹤楼的平面设计为四边套八方形，谓之"四面八方"，这是岳阳楼与滕王阁不可比拟的。从楼的纵向看各层排檐与楼名直接相关，形如黄鹤，展翅欲飞。我想，如果把这"四面八方"之美感也融入这江城夜景并作为江城主旋律,庄重肃穆的黄鹤楼不正是这九省通衢之武汉重镇展翅高飞的形象标志么?

站在夜幕下的黄鹤楼上,极目远眺,品味登楼的感觉,不禁浮想联翩。我似乎看到辛弃疾登建康赏心亭"遥岑远目……把吴钩看了,栏杆拍遍,无人会,登临意"的激愤,也似乎听到王勃登滕王阁"阁中帝子今何在,槛外长江空自流"的感叹,更想起没有到过岳阳楼的范仲淹却能吟出"先天下之忧而忧,后天下之乐而乐"的千古名句。这是何等思想境界与胸怀才能抒发出如此浓烈的家国情怀!

黄鹤楼是历史的见证者。忆往昔峥嵘岁月,黄鹤楼更是岁月峥嵘。据相关资料记载,黄鹤楼原址在武汉市武昌蛇山黄鹤矶头,始建于三国时代东吴黄武二年(223年)。唐代《元和郡县图志》记载:孙权始筑夏口故城,"城西临大江,江南角因矶为楼,名黄鹤楼"。这就是说,黄鹤楼也像岳阳楼一样,是三国时期孙吴为操练水军而建的一座阅兵台,最初是为了军事目的而建。唐永泰元年(765年),黄鹤楼已具规模,当时黄鹤楼建在城台上,台下绿树成荫,远望浩渺;中央主楼两层,平面方形,下层左右伸出,前后出廊屋与配楼相通;全体屋顶错落,翼角嶙峋,气势雄壮。宋之后,黄鹤楼也是屡毁屡建,仅在明清两代就被毁7次,重建和维修了10次。最后建于清同治七年(1868年)的"清楼",也毁于光绪十年(1884年),仅只保存了十几年,遗址上只剩下清代黄鹤楼毁灭后唯一遗留下来的一个黄鹤楼铜铸楼顶。之后，近百年未曾重新修建。从当时同治年间的"清楼"楼貌照片可以看出，已经不是宋代画在高台上的建筑模式，而取集中式平面，高踞在城垣之上，外观高三层，内部实为九层；下、中二檐有12个高高翘起的屋角，总高32米。今天我们仅凭这些楼貌照片，还是可以想象得出当时黄鹤楼的雄伟与壮观。

1927年，青年毛泽东来武汉时感言："茫茫九派流中国，沉沉一线穿南北。烟雨莽苍苍，龟蛇锁大江。黄鹤知何去，剩有游人处。把酒酹滔滔，心潮逐浪高。"（《菩萨蛮·黄鹤楼》）是啊，把酒酹江，心潮逐浪，这么好的黄鹤楼，却屡遭战乱火灾，而且屡建屡毁，又屡毁屡建，见证了历史的沧桑巨变。历代黄鹤楼毁建互替、多灾多难，不能不说是一种历史的剧痛与遗憾。这大概就是"国运不祚则楼运衰微"之故吧。

今天我们所登的黄鹤楼是重建的，与历代的黄鹤楼完全不同。新中国成立后，1957年国家因为修建长江大桥武昌引桥时，占用了原黄鹤楼的旧址。因此1981年重建黄鹤楼时，选址在距旧址约1000米远的蛇山峰岭上。从某种意义上说，新黄鹤楼的选址是有考虑的。因为武汉就是一座"百湖之城"，我们如果把长江、汉水、东湖、南湖以及星罗棋布的湖看成是连绵水域的话，那么城市陆地则是点缀在水面上的浮岛，武汉就是一座实实在在的水上城市。更让人诧异的是，在这个壮阔的水面上，有一条中脊显得格外突出。若从空中俯瞰便可看出,从西向东,依次分布着梅子山、龟山、蛇山、洪山、珞珈山、磨山、喻家山等,这一连串的山脊宛如巨龙卧波。如果我们把武汉城区第一峰喻家山看作是龙头,那么在月湖里躺着的梅子山则是龙尾。如今的黄鹤楼恰好选址在巨龙的腰上。骑龙腾飞,乘势而为,这正是中国腹地九省通衢的武汉重镇的象征吧。

1981年10月,黄鹤楼重建工程破土开工,1985年6月正式落成。主楼以清朝同治楼为原型设计而成,由原来的三层楼增至五层,比原来的黄鹤楼更加高大雄伟。如今,新建的黄鹤楼坐落在海拔61.7米的蛇山顶端,楼高5层,总高度51.4米,建筑面积3219平方米。72根圆柱拔地而起,雄浑稳健;60个翘角凌空舒展,恰似黄鹤腾飞。楼的屋面用10多万块黄色琉璃瓦覆盖,在蓝天白云的映衬下,黄鹤楼色彩绚丽,雄奇多姿,比之原始的黄鹤楼来,不知要辉煌壮丽多少倍。这也应验在"国运昌则楼运盛"这句话上了。

黄鹤楼不仅是供游人观赏的胜地,更多的是见证了历史文化的凝聚与历史风云的变幻。历朝历代江夏名士"游必于是,宴必于是",当年吕洞宾也以此地作为传道、修行、教化之道场。辛亥革命武昌起义时,革命党人也曾以黄鹤楼与蛇山脚下的红楼为基地。如今已经旧貌换新颜的黄鹤楼,实际上成了历史的一部纪录片。虽然崔颢一首"昔人已乘黄鹤去,此地空余黄鹤楼"堪为绝唱,但李白的"黄鹤楼中吹玉笛,江城五月落梅花"(《与史郎中钦听黄鹤楼上吹笛》）更是为江城武汉吹绽百花。正如当代诗人陈运和所说："黄鹤楼，有一个腾空而起的雄姿，也有一个从天而降的气势。"是啊，"对江楼阁参天立，全楚山河缩地来"，这不正是夜色下的黄鹤楼之雄伟气势么？

江风习习，夜幕绵绵，我和同事们凝视着这夜幕下的江城，点数着沧海桑田之变化，感慨万千。江山如此多娇，曾引无数英雄竞折腰。不论是晴川历历，还是芳草萋萋，我们都要珍惜这片美丽富饶的土地，谱写黄鹤楼新的历史。望着江对面的晴川饭店，我若有所思，心想倘若有一天我们再游武汉，就住那晴川饭店的最顶层，从那里再看这五层高的黄鹤楼是个什么样子。或者退休后，就干脆在这黄鹤楼附近觅得一方宝地，学辛氏开店，做一件逍遥快乐之事，以此广迎八方来客，或许也会感动道士吹笛，为江城再添一景。

夜色笼罩江城，光明透遍四野。我们带着留恋的心情，从黄鹤楼公园出来，走进江风吹拂的万家灯火之中。

2007年8月13日深夜于书房

湖南屋脊行

我曾经梦想去领略世界屋脊——珠穆朗玛的雄伟风光,此生或许只能望梅止渴了。作为湖南人,上不了世界屋脊,就先去看看自己家乡的屋脊总还是可以的吧。于是,一种相思油然而生,缕缕游览之情顷刻敲定。我们四人乘着秋风,在稻浪中驰骋,来到了湘北屋脊(海拔2098.9米)——湖南省石门县壶瓶山风景区。

一、大山深处第一桥

说实在话,从石门到壶瓶山仅120公里左右路程,但小车却喘着粗气使出吃奶的力爬了四个多小时,才算到达了目的地。当车在深山峡谷里穿行的时候,我突然领悟到"夫夷以近,则游者众,险以远,则至者少"的真正含义来,但愿这险而远的壶瓶山能让我们乘兴而来,满载而归吧。

还没有到壶瓶山风景区,我已经陶醉于那陡峻的群山,那一望而不见底的峡谷，那近绿远黛的天然植被。小车在一座望不到头的大山腹部穿行，不久便看到中国第一石拱桥——黄虎港大桥了。人们记住的往往都是中国历史悠久的第一座石拱桥——赵州桥。谁会想到这大山深处忽地冒出来一个远比赵州桥高大多少倍，当时号称"亚洲第一桥"的石拱桥呢？

黄虎港桥位于湖南303省道石门至壶瓶山公路线上，是壶瓶山与慈利、石门、张家界以及与湖南交界的湖北五峰和鹤峰等县联系的交通咽喉。它横跨魏水支流的深邃峡谷，主孔跨径60米，桥高52米，宽8米，拱圈厚2.3米，全桥长103米。大桥于1959年建成通车，成为一座连结湘北山区与外界文明的重要通道。

二、夜梦吊脚楼

沿着黄虎港大桥，盘桓于壶瓶山曲曲折折的大峡谷，七弯八拐之后便进入深藏于原始深山老岭之中的神景寨。如果要想进入石碾子沟去领略原始次森林的碧绿和华南虎的一声长啸，或者进入象鼻子沟去寻找远古荒年的梦，慢慢数着石头的年轮和峡谷的幽深，或者亲临屋脊以一漂流而惊心动魄，那么这神景寨便是你寻梦的起点。

神景寨度假村坐落在壶瓶山脉南麓的半山腰处，海拔在1500米左右，背山临水，全以吊脚楼的形式建成。这一组吊脚楼，全部是

就是这间小屋

在1400多米深的大峡谷中以混凝钢筋立柱，楼层以楠竹木板建造起来的。其间于山腰处以一铁索桥悬于对面山腰而与公路相连，人立于桥上，犹如悬身于万丈深渊之上，几乎不敢俯视。胆大之人，缓行其上，索桥晃悠晃悠地，心里的紧张全不是在家荡秋千的滋味，生怕自己不慎失足而坠入深涧，化作荒野孤魂。然而也只有在逐步领略这战战兢兢的心跳腿软之后，有如公园里"激流探险"突地一下子落下来一样，你才会从心尖尖上体味出到达对崖时的成功喜悦与心平气静之后的由衷快意。

当夕阳的最后一抹余晖被远黛的朦胧渐渐吞噬的时候，除了山脊上几处民房的点点暗淡灯光映着月色的迷离外，四周就像一个大笼子，找不到半点"烟笼寒水月笼沙"的感觉，也不见竹喧浣女，至于莲动渔舟几乎是不可能的。如果从吊脚楼的窗口，探出身子向四周眺望，山峰的深邃是看不见的，峡谷的幽深也是看不见的，涧水沽沽流逝的年轮也是看不见的。只有墨色，只有苍凉，只有山风的吟诵，只有云雾的游动，只有溪流的曲折……所有的一切，伴着淡淡的月光，悠悠地从吊脚楼身边悄悄地移过去。

躺在吊脚楼里，做着思古的梦，偶尔一声猿鸣，可能会把你从梦里惊醒。已经是三更过后，四周全都躺在云层深处，月亮累了冷了，也不知什么时候钻进了哪家竹楼的温馨梦里。黑色已经把这个世界紧紧地包裹起来，浓缩着山水的音乐，和着大峡谷的夜风，伴唱着深涧底里的穿石击岩的号子，夹杂着悠远而清脆的一声夜莺划过，在浓浓的雾气层层的浮沉之中，整个大山似乎在往地底下沉着。仿佛乘着似升似沉的轮子，又会把你带入甜美的梦境之中。

我等之人于奔波劳累之余，间或小栖于这云雾仙境，饱尝绿色之芬芳，倾听涧水之潺潺，无论虎啸猿啼、松涛拍崖、峡谷逐浪，还是月露霜重、朝晖夕阴、清风野果，山高路远踏脚下，宁静淡泊似甘泉。如此我等皆与自然为伍，以静寂险峻为乐，读诗书而友麋鹿，感悟如此境界，以释情怀，岂不乐哉。

三、浪击江坪河

江坪河"湖南屋脊漂"位于壶瓶山区最长的一条峡谷——龙文峡（龙门——张家渡，全长58公里）。目前已经开通从神景寨至文峰一段，长达22公里。这里河流湍急，两崖陡峻，青藤野蔓悬挂岩边，天然古松立于峭壁，走兔长猿惊而遁远，鱼虾龟蟹喜而近前，青山对峙，绿水中流。峡谷无一裸露之处，深邃的绿色植被像母亲呵护孩子一样，把姿态各异的远近群山紧紧地裹着，生怕这20多处急湾、50多个险滩作祟，把儿孙们的肌肤给撕扯坏了。

秋始夏余之时，正值漂流时节。我们乘小舟从龙洞峡出发，一路欣赏龙洞飞瀑、蛟龙潭、蛇湾、凉风岩、思儿潭、雄狮卧波、三碗酒等十多处景观，全程约两个小时。沿途所经之处，或惊心动魄，或淑女静思，急流处惊吓与刺激并存，平缓处清凉与惬意同在，处处令人赏心悦目、流连忘返。

大凡怡情山水之人，必择时令而游。其实择时令而游远不如择晴雨气候而游。如漓江之泛舟，若恰逢雨后初霁，则更使人心旷神怡。此时从龙洞峡出发，你立马就会惊讶于龙洞飞瀑的雄伟景象。每当大雨过后，龙洞瀑布从50多米高的山崖上飞过盘山公路而跌落江中，雾腾珠落，幻出无数七色彩虹，让人眼花缭乱，甚为壮观。小舟上的游人还真的以为自己是在水帘洞中穿行呢！特别是飞瀑四溅，点点瀑花儿溅在身上，那种清凉与欢快的感觉，就像用熨斗熨过一般舒畅。

经过龙洞飞瀑，小舟平缓地漂流在峡谷里，吻着细细的浪沫哼着悠闲的小曲来到了龙峡。此时情景，你定能感受到一种别样的惊喜，风平浪静、江流如碧，龙峡虹影一线天映入江水之中。抬头处，只见峡谷两边的山腰上，大桥横跨，似彩虹铺江，两岸青山对峙、峭壁千仞，蔚为壮观。原来这江坪漂流不但可以在高山瀑布里穿行，竟然还可以踩着天桥，踏着群山，行驶在青山脊梁之上，恍如蒙太奇片子里的临风仙子飘然而去。

其实，江坪河的漂，静少险多，非智者勇者不能过也。如思儿潭，此处多急弯多险滩，潭深山峻野荆丛生，枯藤倒挂，飞禽走兽出没，两岸猿声嘶鸣，尤其是气候多变，呼风唤雨须臾事也。要想从如此特别惊险刺激的险滩漂过，不准备翻几个跟头，做几回落汤鸡狗，如何得过？当你的小舟跃上第一个浪头的时候，船的前半部腾空而起，眼皮底下的潭水立即成了一个大漩涡，刚刚躲过这个，另一个大漩涡又把你送进了更大的一个急转弯，瞬间从这个漩涡又飞向另一个浪尖。这时的感觉就是在飞。然后就是不由自主地扑打着水，之后根本不容愣神，船尾又猛地一抬……你只好又在另一险滩边爬上自己的橡皮船。真可谓与急流斗其乐无穷，与险滩斗其乐无穷也。当然这种有惊无险的愉悦总是消融在惊天动地的惊叫之中，也许这正是江坪河漂流的欢乐极至之所在吧。

要说险，这思儿潭还只算是让你长了点见识，如果你真过得了"三碗酒"，那才算英雄好汉。这"三碗酒"是激流相连的三处险滩，传说好久以前，这里没有公路，也没有栈道，大山里的人们要想把生活物资来回运送，只有用放竹排驾小舟来完成使命。可惜大自然是从来不讲情面的，这里也不知有多少人冤沉谷底。后来，人们为了求生，每过一险滩，必须喝一碗苞谷烧酒，壮胆增力。生产力低下的年代，也不可能找出更好的办法，也许这就叫做向死而求生吧。"三碗酒"之名就由此而来。

四、魂牵象鼻沟

如果说"一壶绿水悬长江，半屏青山左洞庭"是对湖南西北屋脊壶瓶山地理位置的形象刻画，那么"壶瓶飞瀑布，洞口落桃花"

则是对壶瓶山生态旅游景观的真实描绘。如今，当"张家界的山、九寨沟的水、壶瓶山的峡谷为最美"已经成为当今世人审美共识的时候。这里拥有7条呈放射状的峡谷深涧、拥有数十处呈"一线天"绝境的壶瓶山峪谷。

在壶瓶山众多的原始峡谷中，已经开发利用并最早面世的，是藤蔓衍生的原始生态游区——象鼻子沟。数万年以来，她就静静地酣睡在壶瓶山主峰（海拔2098.7米）西南的神景寨风景区。因峡谷深处，有一山崖高耸的脊岭和一道伸进瀑布底下的崖根，活像大象之鼻而誉之。近而观之，与桂林的象鼻山则大不相同。沿峡谷徐行，涧风习习、青苔满树、瀑布林立、碧水潺潺、溶洞成群、奇泉喷涌、鸟啼猿鸣……如入自然之迷宫而神秘离奇，瑰丽处绵延10多里，令人目不暇接，叹为观止。

涉身其间，在迂回曲折上上下下的穿梭攀登中，时而于深潭之上观娴鱼戏水，时而于涧水迂回处捞上三两只小螃蟹乐以自嘲，时而学猿猴牢牢抓住一根从山崖倒垂的枯藤欲试飞崖走壁，时而赏高崖瀑布明灭可见，宛如天河临头而泻。这时你可以侧身坐于凹壁断崖处，手捧瀑布，脚蹚溪水，纵情而歌。渴了，不要着急，大自然早已为你安排好了这世界上最好的天然泉水——"壶瓶液"。它从过道边的山崖的石缝里，如童子撒尿一般汨汨流出。这时你可以蹲下身子，用嘴慢慢地吮吸着，也可以用双手捧着喝，还可以用矿泉水瓶接下来，带在中途慢慢品味。当然，如果实在累得走不动了，那也不要紧，你可以去"仙女瀑"下的仙女潭里，爽爽地与七仙女一道洗个"温泉"澡。

当然，最惬意处，莫过于躺卧在"溜岩瀑"对面的参差层叠的岩石上，静心倾听那三百多米高崖瀑布飞流直下。满坡浪花拍打悬崖所凸现出来的勇猛豪放与大山的巍峨霸气，让人叹而称奇。也可以坐于"三叠水"边崖上的圆而向潭中突出的怪石上，屏住呼吸，小心翼翼地聆听着三层清波滑石而下，欣赏娃娃鱼遁而隐去，小鱼逆上而击水的乐趣。还有"天神弹墨"处，一步步数数谷底岩石上那道笔直而不间断延伸700余米长的白色痕迹，难道真是峡谷两边土地神为争夺管辖权，发怒的玉皇大帝派天神于谷底所弹出的一道分界线么？如果沉思于此，于内心深处领悟大自然的神奇美丽，真可谓妙不可言了。

暮色苍凉的时候，游兴已到极致，我等偕友登高，释然地躺在象鼻山的背脊上，酣畅地呼吸着这古老原始次森林所释放出来的清新和美妙。我们数着这典型的地层剖面出露的岩石所显示出来的一层一层一坎一坎的历史年轮，于是择其断崖风蚀平整处，以干粮为肴，泉作杜康，和山风夕照，放歌豪饮，怡然而醉矣。

下山的时候，四周一片黑绿，高一脚低一脚地走着，魂不守舍似的，也许我等魂灵真的被这象鼻子勾去了。

五、回归大自然

许多从壶瓶山回来的人这样认为，看了象鼻子沟后，就没有必要去看石碾子沟了。因为石碾子沟的山和水到底不如象鼻子沟的清奇峻秀，更没有它的霸气与豪迈。然而当我流连于石碾子沟的山水和满目的原始次森林完全覆盖着的绿海时，"随意春芳歇，王孙自可留"那种回归大自然的心境却陡然而生，那种宁静致远心如大海的感觉真的是一种饱尝快乐后的幸福。

与象鼻子沟相比，石碾子沟风景的确少了一分霸气和雄伟，却多了一分清秀和宁静。正是这份清秀与静谧，才能让人于宁心静气中去品味这原始次森林的美艳，去思考这北纬30°特殊地带中国特色的"世界物种基因库"的魅力所在。

当太阳在群山中露出笑脸的时候，我们从神景寨出发，约半小时后，弃车步行，沿着峡谷，越过小溪，在石碾子沟延伸时陡时缓的石磴上缓缓拾级而上。由于长年人迹罕至，这里遍地青苔，举步艰难。我们牵手慢行，尽情地品味这狭长的原始生态线，听着导游精彩地讲述着这200多平方公里被原始次森林覆盖着的壶瓶山鲜为人知的秘密。

好多的事，不身临其境，实难解其中之味。原来我们脚下的这条小溪两边，分别保存有国内海拔最低、面积最大（也是目前世界上面积最大）的原始珙桐群落集中地，还有钟萼木，这两种树木均属国家一级保护植物。记得我的老家原来有一棵桐子树，只听父辈说这树的果子可以榨桐油用来油漆家具，却不知道这是十分珍贵的工业原料，而且其树干也是难得的上乘珍贵木材，可与红木媲美。现在我身边的这一大片珙桐树林，树干高大挺拔，一般树高为15—20米，高者可达30米，胸径大多在1米以上，百年以上长寿者不计其数。树干笔直，树皮为深灰色，茂密的枝条向斜上方生长。每年的4—5月，在幼嫩的枝端开放紫红色的杂性花（雄雌合一，也有许多朵雄花共一雌花的），在碧玉般的绿叶中随风摇曳，之后变成洁白的花朵开满全树，远远望去，很像无数只落满枝头的和平鸽，振翅欲飞，美丽动人。所以其也被世人用来象征和平，称之为"中国的鸽子树"。

导游指着前方高崖上的一片银杏对我说："壶瓶山没有受到第四纪冰川的侵袭，因而保存着良好的生态环境和大量的珍贵孑遗植物群落，被誉为'华中地区弥足珍贵的生物物种基因库'，也是'欧亚大陆同纬度带中最完整的物种宝库'。这里除了国家一级保护植物珙桐、钟萼木两种外，还有国家二级保护植物银杏、连香树、厚朴、鹅掌楸等29种，这些珍稀植物的大部分属于第三纪冰川期的古植物和第三纪以前的孑遗树种，专家学者们称之为'活化石'呢。更有稀罕者，如最新发现的湖南花楸、石门鹅耳枥、长果秤锤树等，被誉为'天外来客'。"听到这些，我不禁感慨道，谁

就是这间小屋

说书中自有黄金屋，谁说秀才不出门，能知天下事？我们读了几十年书，还教了几十年书，怎么就不知道这大山里的离奇怪异呢？

沿小溪继续往高处攀登，经过几座吊桥，我们来到了半月崖边的"猴弯"。只见这里樱桃（时只见树不见果）满坡，青猿出没。相传，这里原是玉皇大帝的樱桃园，有一青猿偷吃樱桃，玉帝大怒，将其锁在那里，于是青猿在樱桃坡岁岁年年繁衍生息，而成今日猴弯。导游告诉我们：壶瓶山是国家级自然保护区，这里有陆栖脊椎动物172种，植物2060种，昆虫4145种。在珍稀动物中，有国家一级保护动物云豹、金钱豹、华南虎、黑鹿、金猫等7种；有国家二级保护动物猕猴、白冠长尾雉、红腹角雉以及世界现存的最大两栖动物——大鲵（娃娃鱼）等41种……导游越说越奇，还说这里已经发现了古书中记载的九头鸟呢。他煞有介事地说：壶瓶山自然保护区江坪管理局农科站站长林祖略和斤钣山小学教师们，于某天傍晚，在斤钣山小学附近，只见一株大板栗树上歇着一只大如筛盘的怪鸟，麻里透红，两腿如同鹭鸶腿一般细长，脖颈状同水鸭，最大的头额部呈半月形，旁及两耳上方，其旁另长着八只小头，耳、鼻、眼、嘴俱全，嘴壳呈红色，尾巴呈圆状，见有人窥视，便一声长啸，散开像扇子一样的尾巴，朝对面山垭飞去……这时，还真有一只山鹰从我们头上掠过，惊起一片绿波。

午时过后，太阳周围渐渐有了些雾气，沿小溪而返的我们，小心翼翼地移着脚步，回味着这万万年来绿色植被深处覆盖着的神奇美丽。满目的群山难窥全貌，只有绿色起伏逶迤于崇山峻岭之中，只有凉风涧水穿行于山崖怪石之间，只有云海深处鸟鸣猿窜……整天忙忙碌碌的人们，在嘈杂喧嚣的世界里，总有一种疲困的感觉，何不偶得暇日，来此清凉静谧之处，感觉一下鸟鸣山幽、夜听松风的味道，让自己在回归自然的意念中，除却尘世烦琐的纷扰，而养淡泊宁静之志，岂不快哉！

2007年10月21日深夜草成于养心斋

郑州的雨

我第一次到郑州，是在一个风雨交加的冬日黎明。上午忙于办事，在空调房间里，也不知这风这雨是大是小。吃完中饭，才知道三两白干是不可能抵挡这江北风雨之寒冷的。这时我感觉到北方的天气欢迎南方客人是如此实在，在这个季节想保持西装革履风度翩翩和潇洒是不行的，非得逼我加入那长袍羽绒的行列，若不这样就叫你出不得门，见不得人，真有一种"壮年听雨客舟中，江阔云低，断雁叫西风"的感觉。无奈之下，我只好一个人打着伞，穿着新买的羽绒袄，"神气十足"地走进了二七广场郑州人的行列。

在南方，吹面不寒杨柳风，寒冬腊月难见雪；而在北方，时令虽非"将军弓箭不得控"的三九严寒，却是呵气之间须眉白，覆手之间玉指僵。我"挤"在人流里，听着这郑州冬天的雨，嗅着雨夹着风的气味，心中已经有了些许茫然。商都那么多名胜古迹本是我想看而且特别想认真研读的课题，在家时曾经朝思暮想，可遇上这倒霉的天气，且天气预报说连续三天有雨，不由得埋怨郑州的朋友相约太不是时候。原本想去商都一日，亲眼看一下商都城，圆我四十年的梦。再去黄河游览区一日，特别是要看看那千百年来冲积而成的地上悬河（黄河的地上河床）的朝阳与落日，在炎黄二帝的俯视下，是否胜过王维描写的"大漠孤烟直，长河落日圆"那般雄壮。好多次去北京都只在火车上见过，一溜风似的，什么也看不清，这次来郑州就是为了抹去这一丝一缕的遗憾。然后再去少林寺长点见识，沾惹一点日出嵩山的灵气，看看许世友将军的练功台。之后再亲自听听寺中住持讲述那十三棍僧救唐王的故事，特别是想听听住持讲述那年近八旬的武则天，亲登嵩山，向上苍投下除罪金简，以祈求神灵宽恕自己过错的"武则天封嵩山"的故事。当然也还想去看看《左传》记载的郑庄公与母亲武姜"不到黄泉不相见也"的阴司涧，是否就是郑庄公"掘地见母"的"黄泉"之地……可这风这雨，肃杀得让人心寒，从气温近二十摄氏度的南方一夜之间来到近于冰点的郑州，山水情怀早在瑟瑟的凄风冷雨中滴答得荡然无存，登山就更不用说了。

  在我的印象中，雨中登山实在是遗憾太多，滑稽不少。记得几年前我们雨中登黄山，每人穿着一件黄色的防雨衣，戴着一顶黄色的旅行帽，手里还得拿一根登山用的拐杖，一行二十多人，迤逦上山。我跑到高山处准备为大家拍照，望下一看惊呆了，那模样真是狼狈不堪了。后来又因工作关系在张家界雨中登山，天子山、黄狮寨上，什么也看不到，只有白色茫茫，秀美山川全被烟雨蒙蒙所吞噬，唯一的收获就是全身的湿透，招惹了半个月感冒。因此我发誓不再雨中观景、登山览胜。因此天性钟情山水的我这一次只好忍痛取消一切游览计划，无奈之下打的来到最繁华的商业区，心想就看看中国南北交通枢纽（京广线和陇海线的交汇点）郑州市的雨中风采吧。

站在二七广场上，广场中心的二七纪念塔——双子塔一下子映入我的眼帘。它仿佛在召唤着我，在风雨中撩拨着我的心绪，霎时间一种登塔观景、迎风听雨的想法油然而生。心想范仲淹不是没有到过岳阳而作《岳阳楼记》，尚然于万里之外看清三月洞庭春和景明，秋暮楼前浊浪排空，忧乐天下而为人先吗？我如今亲临郑州，登塔凝望，把栏杆抚遍，定能一收中原烟雨于眼底，雨亦应知我登临意。

雨是有灵气的。郑州的雨所透出的灵气，就像一幅水墨画，又像一部黑白片，或者说像一部二十五史，把中华历史文化的点点滴滴展示给世人。

我站在高63米，拥有14层的二七纪念塔顶层，北望中原，劈开朔风，穿透冷雨，于茫茫处寻找中华民族的根脉。人文始祖黄帝的出生地轩辕之丘，在厚厚的雨帘中似乎明灭可见。

郑州这座古老的城市，在相当长的历史时期内一直是重要的政治中心。夏、商、管、郑、韩5朝设都，隋、唐、五代、宋、金、元、明、清8代置州，为历代统治者所看重。郑州地处中原要冲，历朝各代，当取天下之日，中原在所必争。

夜幕降临的时候，风更紧了，雨越下越大。这风这雨疯狂地扑打在塔上，如同一幕电影，在蒙太奇的剪辑中，诉说着反动军阀吴佩孚、肖耀南在英美帝国主义的指使下，卖国求荣，对长辛店、郑州、江岸的罢工工人进行残酷镇压的滔天罪行。然而新生的中国共产党人领导工人争权益，反奴役，赤手空拳，凭一腔纯真的爱国热情、正直的良知和人民当家作主的意愿，组织了京汉铁路大罢工，使中国工人运动的第一次大高潮达到顶峰，彰显了中国工人阶级为真理而抗争的铮铮铁骨。人们不会忘记在二七惨案中英勇牺牲的52位先烈和不畏强暴、英勇抗争的广大工人群众。一滴雨声，一声铿锵，仿佛在吟诵董必武同志悼念施洋的七律："二七工仇血史留，吴肖遗臭万千秋。律师应仗人间义，身殉名存烈士俦。"风声和着雨声，交相成曲，悲壮高亢。

不知不觉间已晚上八点，塔顶的时钟响起了我最熟悉的歌曲《东方红》。此时我才想起朋友送给我的两张门票：一张是今天晚上八点半的歌颂任长霞的《激情广场·永恒的彩霞》主题演唱会；一张是明天晚上的以任长霞事迹为题材的大型现代豫剧《嵩山长霞》。口袋里装着观看时代英雄事迹的门票，迎面接着刺骨的风，听着呐喊的雨，我突然感慨万分被誉为郑州十大名人之一的杜甫在《茅屋为秋风所破歌》中有一句诗说："安得广厦千万间，大庇天下寒士俱欢颜。"一身正气的任长霞不就是为除浊砺清、破云见日而以身殉职的吗？是啊，任长霞把生命最壮丽的一刻留在了嵩岳大地，用自己的一腔热血捍卫了一方净土，筑牢了平安百姓的大厦千万间。

想着朋友在剧院等我，只好收敛思绪，下得塔来，朝剧院走去。风温柔了许多，雨也轻柔了许多。我知道风雨过后必是彩虹。

忘不了，这郑州的雨。

2010年12月10日草成于养心斋

教育篇

欲栽大木柱长天

——观《恰同学少年》有感

寥廓苍茫问沉浮，峥嵘岁月少年游。粪土封侯檄文字，中流击水遏飞舟！这是毛泽东青年时期的宏伟志向。也正是这一志向奠定了一代伟人毛泽东改天换地，推翻三座大山建立新中国的惊世华章之基。一代伟人卓越千秋，彪炳万世，只因伯乐而不没人才，栋梁方可柱国也！

毛泽东少年立就鸿雁之志，主要得益于教育培育他长大成人的几位恩师：孔昭绶、杨昌济、徐特立和方维夏等教育界泰斗。久品电视连续剧《恰同学少年》，馨香沁人心脾，感慨长存心底。

我也是一名人民教师，面对90年前的老一辈教育工作者，愧感交加。纵观全剧，有三个方面令我终身不忘，领教于心。一是校长孔绍绶先生的"经世致用""因材施教"的人格化教育理念的实施；二是杨昌济教授的"修身立志""修学储能"的文化道德熏陶；三是徐特立先生的"不动笔墨不看书"的"读书之法"的现身说法。毛泽东积他们学识之所长，发扬光大，终于成就了一番惊天动地的伟大事业。

"天生我材必有用"，人尽其才，才尽其用，这是对人才的最大尊重。有这样一组镜头：湖南第一师范期末预备测验考试后，方学监发现毛泽东偏科严重，他的社会科学门门优秀，可非社会学科却有三四门不及格，在如何对待这样的学生问题上，引发了湖南一师的教师们对教育模式的一场大辩论。督学纪墨鸿"全面发展"育"精英"君臣俯耳的陈旧教育理念与教授杨昌济先生的"特殊""怪才"不可弃之的辩论至今犹响耳际。我常在想，如果一个学校的办学之路真的要像纪墨鸿，那样坚持"特例……校规校纪不允许，部颁大纲更不允许特例"的僵硬的教育模式去硬碰，那么被杨昌济先生这样的权威教师认可的"特例"学生，是否还能继续留在湖南一师学习，就是一个大问题了。一个学校的办学方向取决于校长的办学理念。因此，如果当时没有孔绍绶这样出类拔萃的领先时代的优秀校长，支持杨教授培养"特殊""怪才"的教育理念，那么，当时的毛泽东也许就不能在一师学习了。正是因为有孔校长敢于直面封建社会所谓以"国粹"培育"精英"的陈腐教育模式，而以"经世致用"的全新的教育理念来"因材施教"，才得以使一代伟人横空出世，扭转乾坤。一个优秀的具有超前意识、敢于冲破枷锁而注重从为社会选拔经世致用人才的角度来办学的校长，孔绍绶先生当之无愧了。"千教万教教人求真，千学万学学做真人。"90多年前他就提出学生自治,尊重学生组织兴趣小组、读书会、军事训练等,造就了一师学生的个性发展,也才会有周南女中向警予、蔡畅、陶斯咏、杨开慧等优秀女杰的青睐。以毛泽东为首的湖南一师的学生以及周南女中的部分女生,就是在"风声雨声读书声声声入耳,家事国家天下事事事关心"的"经世致用"的教育理念中,成长为一代英才。用孔绍绶校长的话说,读书的目的就是:经世致用。何谓经世?致力于国家,致力于社会谓之经世。那么何谓致用?以我之所学,化我之所用谓之致用。经世致用者,就是说,我们不是为了读书而读书。我们读书的目的,我们求学的动力,是为了学得知识,以求改变我们的国家,改变我们的社会。我们湖南人历来读书,只为了两个字:做事。做什么事呢?做于国于民有用之事。有如此慷慨校长,学子焉能懈怠?

如果说孔校长"经世致用"的办学理念造就了毛泽东日后的栋梁之材,那么最令我感动的是他的恩师杨昌济先生循循善诱的"修身齐家治国平天下"的"修身""立志"教育。我至今还记得剧中杨先生绘声绘色的演讲:"什么是修身的第一要务呢?两个字:立志……人无志,则没有目标,没有目标,修身就成了无源之水。所以,凡修身,必先立志。志存高远,则心自纯洁。"这种教育深深地烙在毛泽东的心里。与此同时,杨先生还经常给他认定的这个"怪才"开"小灶",以"修学储能""先博后渊"来教育他明确学习目的,不仅是为了学习知识,更是储备能力。他还以孔子"质胜于文则野,文胜于质则史"来告诉毛泽东修身养性做人的道理。我记得杨先生给毛泽东解释这两句时说过的话:"就是说一个人,光是能力素质强,而学问修养不够,则必无法约束自己。本身的能力反而成了一种野性破坏之力。反过来,如果光注重书本学问,而缺乏实际能力的培养,那么知识也就成了死知识,学问也就成了伪学问。其人必死板呆滞,毫无实用。"而后来毛泽东决定领导中国革命走农村包围城市的道路时,冲破苏联模式城市中心论的重重阻力,最终取得了中国革命的全面胜利,不正是对他的恩师杨昌济先生谆谆教诲的最好注释吗?"自闭桃源称太古,欲栽大木柱长天。"此乃杨先生平生之志,"愿于诸君之中,得一二良才,栽得参天之大木,为我百年积弱之中华,撑起一片自立自强的天空,则吾愿足矣"。振聋发聩哉,杨公斯言!于是我终于理解了杨先生在临终前还千方百计为毛泽东筹措去法国勤工俭学的盘缠,执手而逝的感人情节了。世无伯乐,何以有千里马!

世人皆知,徐特立先生是毛泽东一生中最敬重的老师之一。而且在长征路上,徐特立先生也是唯一一位一直陪伴毛泽东出生入死的湖南一师的恩师。说也奇怪,同在一师教书,杨昌济先生主张"先博后渊"而储能,徐特立先生却恰恰相反,而是以"少"字诀而"通""透"治学。毛泽东十分钦佩徐特立的治学态度和治学方法。他知道,徐先生少年时代只读过6年私塾,后来除在宁乡速成师范读了4个月书,到日本进行过短期考察之外,没有进过别的学校,他渊博的学问都是通过自学得来的。有一天,毛泽东向徐先生请教读书之法,徐特立亲切地回答说:"润之,我认为读书要守一个'少'字诀,不怕书看得少,但必须看通,看透。要通过自己的思想来估量书籍的价值,要用一个本子摘录书中精彩的地方。总之,我是坚持不动笔墨不看书的。这样读书,虽然进度慢一点,但读一句算一句,读一本算一本,不但能记得牢固,而且懂得透彻。"从此,毛泽东就把徐特立结合自己长期积累的"读书以少为主,以彻底消化为主"的经验和"不动笔墨不看书"的"读书之法"作为他自己终身学习的座右铭。不论是在战争年代还是在和平环境的年代里,爱学习、勤于思考的习惯伴随着毛泽东一生。从《井冈山的斗争》到《论持久战》,从《星星之火,可以燎原》到《论十大关系》,无不烙上徐特立先生那种执着的痕迹。

20世纪20年代前后,孔绍绶校长主持湖南一师,经亨颐校长主持浙江第一师范,两校皆顺应时代的潮流,得风气之先而实施人格教育,大力倡导不为外力干扰、因材施教、因时制宜,以人格教育为核心的全面教育,一反对封建伦理道德教育,使湖南一师和浙江一师成为两省新文化运动的中心。从某种意义上可以说,正是由于当时全国有一批像孔绍绶、经亨颐那样得风气之先的校长和一大批像杨昌济、徐特立、方维夏与黎锦熙等"自闭桃源称太古,欲栽大木柱长天"的教师,实施人格教育,培养青年的独立人格和社会责任意识,才有了一种全新的文化教育运动,才培养出了一批20世纪的经世之才，改变了中国的命运，开辟了中国历史新纪元。

　　用什么样的人格教育，就能培养出一批什么样的学生，就能影响一代甚至几代人的信仰和精神，就能救国、救民、推动历史前进。对比古今，人格教育就是我们今天所提倡的人性化教育。也就是要"善于发现每一个学生的闪光点"。我想：实施人格教育，首先得培养老师自身的人格魄力。而老师自身的人格魄力则因之于孔绍绶的正道直行，因之于杨昌济的自闭桃源栽大木的慧眼，因之于徐特立的清廉饱学为苍生的师者风范。

　　　　　　　　　　　2008年3月6日深夜草成于养心斋

云梦教育集团学子《劝学书》

一、云梦历史篇

　　荆州之城，三苗之地，春秋战国专属楚；西糜之廓，汉昌之郡，东周孙吴古巴陵①。二妃哭舜，柳毅传书，谱写洞庭之绝唱②；飞来钟下，水寨幡船，抛舍钟杨之头颅③。屈原求索，其路漫漫兮修远④；仲淹忧乐，江湖庙堂兮关情⑤。黎淳好学，状元及第金头换⑥；大夏四朝，兵部尚书草堂归⑦。创建湘军，英法使节，能文尚武郭先杞⑧；平定新疆，坐镇东南，封疆大吏左宗棠⑨。平江起义，横刀立马彭元帅⑩；骆驼精神，以身报国任弼时⑪。南征北战，不忘初心有张震⑫；井冈会师，朱毛握手何长工⑬。春和景明，迁客骚人相唱和；渔歌互答，巴陵老少诉情怀。追忆往昔，气蒸云梦多人杰⑭；喜看今朝，一极三宜谱华章⑮。糜罗二国今灰灭⑯，数我云梦好儿郎！

二、孝敬父母篇

二十四孝，首孝之人当属舜[17]；委曲求全，感人至深是曾参[18]。湖北董永，卖身葬父万年唱[19]；湖南刘海，砍樵奉亲美名扬[20]。父母生日谨牢记，扇枕温衾学黄香[21]。一日三餐，当思父母血与汗；自己生日，应念母亲生死劫。父爱是山，自清笔下之《背影》[22]，母慈若水，孟子母亲之三迁[23]。贫穷富贵非天定，孝敬父母只由心。父母双亲，是非功过要明辨；生活工作，勤俭奢华须弄清。父母美德，继承弘扬真孝子；父母过错，婉言劝告好子孙。父母病痛，侍榻尝药汉文帝[24]；家遭变故，设坛祭父杨士奇[25]。回家看看，洗衣做饭窗几净；洗脚揉背，感恩父母养育情。羊有跪乳之恩[26]，鸦有反哺之义[27]。单亲子女，莫怨父母寻烦恼；问题家庭，走出阴影树人生。包容忍让，自强自立也是孝；弃恶扬善，建功立业耀祖宗。

三、尊师交友篇

因材施教，有教无类，中华教育之圭臬；弟子三千，贤人七十，束修收徒孔圣人[28]。祖宗神龛，天地国亲师之位；夫子仙逝，子贡墓庐整三春[29]。始皇尊师，秦皇岛上拜荆棘（荆条）[30]；孔子学礼，跪拜老子称天龙[31]。程门立雪，杨时游酢求学意[32]；人在窘途（齐白石)，《雪中送炭》梅兰芳[33]。礼堂遇师，朱德立正行军礼[34]；徐公（徐特立）大寿，主席号召学先生[35]。叫一声老师，行个鞠躬礼，师生之宜乐融融；称一声师长，递一个微笑，天地之间全是春。老师人也，学生人也，传道授业同成长；师者一人，生者数十，相聚一堂情意深。敬畏老师一分，童心成长一尺；敬畏老师十分，学问增长万钧。人非草木，老师有家也有爱；学子当知，蜡炬成灰泪始干。

姜肱大被，兄弟争死隐真相[36]；家国利益，叔牙冒死荐管仲[37]。兄弟姐妹相敬爱，同学朋友仁义真。烟酒朋友时日短，淡水之交乃是真。近墨者黑，结交朋友须慎重；近朱者赤，潜移默化要诚心。损者三友，便辟善柔加便佞；益者三友，友直友谅友多闻[38]。不耻下问，三人行必有我师；自以为是，万人之中少同行。十六花季当珍惜，男女授受要分明。牵手托背，莫把开放当儿戏；拥抱亲嘴，电影视频岂为真？贞珍节操当自守，轻浮猥亵是祸因。入则孝出则悌，泛爱众而亲仁[39]。云梦学子当谨记，自尊自爱要用心。

四、止恶扬善篇

诸恶不作，众善奉行，此乃三教之常理[40]；内圣外王，修己安人，此乃入世之准则[41]。性近习远，皆因环境之化育；人初懵懂，本无善恶之分明[42]。人性向善，自小走上光明道；人性向恶，违情悖理是邪途。善无巨细，不因善小而不为；恶无大小，不以恶小而为之㊸。日行一善，积善之家必有余庆；日行一恶，积恶之家必有余殃㊹。祸福无门，唯人自召。善恶之报，如影随形。不履邪径，不欺暗室㊺。非礼勿视，非礼勿听，非礼勿言，非礼勿动㊻。天命谓性，率性谓道，道不可以须臾离；莫见乎隐，莫显乎微，君子必当慎其独㊼。

五、洒扫应对篇

自主之学习，生活之养成，当以礼仪规范而修立人之本；子夏之门人，朱熹之弟子，自以洒扫应对而知进退之节㊽。整理内务，军人作风当牢记；按时作息，早睡早起好家风。讲文明，守礼仪，待人接物非儿戏；爱卫生，勤劳动，生活习惯自养成。两课三操，实乃强身健体之本；队伍集结，当以快静齐为光荣；一招一式，动作到位有气势；懒散躲避，做人做事少德行。

窗明几净，打造教室温馨气氛；友善待人，知礼知节大地皆春。拾起一片纸屑，营造一方净土；端上一杯热水，传递一片深情。细节决定成败，修养来自养成。乱丢一个包装袋，丢掉的是人生成长过程之底线；多吃一个外卖盒，吃掉的是天降大任于斯人之准则㊾。食堂饭菜，百般挑剔难满意；自家三餐，未必餐餐扑鼻香。美团外卖，买来一份立人之缺失；网上快递，损害一份父母之爱心。离校入世，美团外卖百花艳；成家立业，网上快递春意浓。

父母溺爱，留下子女千年恨；学子无知，错把恩师当仇人。五寸蓝屏，青春岁月指间逝；网络游戏，沉迷过度毁人生。折叠好被子，擦干净黑板，彰显人生品德修养；多一点理解，多一份关爱，展示人间处处真情。君子求诸己：小事忍点，大事让点，和谐自然露出笑脸；小人求诸人：丁点计较，心胸狭窄，滴水也会结成厚冰[50]。道德有规，礼仪有范，大凡学子须谨记；良心属己，修为自成，云梦儿女当慎行。

六、励志爱国篇

好好学习，天天向上，毛主席谆谆之教诲；少壮努力，老大不悲，读书人必遵之名训[51]。穷且益坚，老当益壮，马援说大丈夫之为志[52]；十五始学，三十而立，孔子言吾一生不逾矩[53]。有志不在年高，甘罗十二岁拜秦相，（文）彦博十五中进士[54]；读书岂论天资，针灸奠基皇甫谧，考据名家阎若璩[55]。成才不论贫富，贫者李铉王充华罗庚，富者屈原陆游荣毅仁[56]；成佛不分善恶，诚心弘法慧可继禅宗，浪子回头周处保家国[57]。立志有为，南朝顾欢，燃糠自照[58]；打工免费，西汉匡衡，凿壁偷光[59]。悬梁夜读，汉朝学子叫孙敬[60]；刺股苦学，战国合纵是苏秦[61]。有道是：宝剑锋从磨砺出，梅花香自苦寒来。

儒家宗道：仕而优则学，学而优则仕，关乎家国天下，建功立业[62]；佛家宗道：人人都有佛性，善恶皆可成佛，关乎天下苍生，超度净土[63]；道家宗道：忠孝优则出入为道，悟道深则天下己任，关乎太平盛世，功成身退[64]。三学精髓，皆以家国为重；孺子为学，当以爱国立本。太平时，为国继学；风烟起，沙场效命。身体发肤受之父母，不爱则为不孝；国家疆土继之炎黄，非守必为不敬[65]。为父母则当珍爱身体，为国家则当杀身成仁[66]。留取丹青，文天祥之悟道[67]；精忠报国，岳飞母之赤诚[68]。国家兴亡，匹夫有责，顾炎武之民族誓[69]；风声雨声，声声入耳，顾宪成之家国情[70]。有国才有家，有家才有爱，世间没有真空之浪子；立志才有德，有德才悟道，人间没有嗟来之食[71]。为中华之崛起而读书，周总理教诲自当永记[72]；革命尚未成功同志仍须努力，孙中山遗训万古警钟[73]。天下一家，云梦乃一家之子；世间万属，云梦只属中华。"笃学尚艺，求索追梦"，云梦教育之校训，"崇文尚武，健身爱国"，云梦学子之情怀。今日诵读《劝学书》，明日当行万里路。天高任鸟飞，飞得再高，风筝线永远攥紧在祖国母亲手上；海阔凭鱼跃，跃得再远，魂之灵永远归附在祖国母亲心中！

校长谨祝：云梦学子，志于道据于德，依于仁游于艺[74]，大木柱长天[75]。为天地立心，为生民立命，为往圣继绝学，为万世开太平[76]。

2018年3月5日初稿于岳阳

2018年5月注解于岳阳

注 释

①夏商时期,今湖南省岳阳市城区为荆州之城、三苗之地。春秋战国时代属楚。周敬王五十年(公元前505年)在此筑西糜城,是为境内建城之始。建安十五年(210年),东吴孙权在今平江县东南的金铺观设汉昌郡,这是岳阳市境内设郡之始。三国时,东吴派鲁肃率万人屯驻于此,修巴丘邸阁城。晋武帝太康元年(280年)建立巴陵县。惠帝元康元年(291年)置巴陵郡。郡治设在巴陵城,从此岳阳城区一直作为郡治所。

②这是两则美丽动人的爱情传说故事。

其一,二妃,指娥皇和女英,她们是中国古代传说中帝尧的两个女儿,姐妹同嫁舜帝为妻。舜巡视南方时死于苍梧,二妃往寻,至洞庭湖君山岛,抱竹痛哭,泪染青竹,泪尽而死,其竹尽显泪斑。故称之为"斑竹"(今洞庭湖君山岛二妃墓上的斑竹即是)。

其二,柳毅传书,是一个古老的中国民间爱情故事。秀才柳毅赴京应试,途经泾河河畔,见一牧羊女悲啼,询知为洞庭龙女三娘,遣嫁泾河小龙,遭受虐待,乃仗义为三娘传送家书,入海会见洞庭龙王。其叔钱塘君惊悉侄女被囚,赶奔泾河,杀死泾河小龙,救回龙女。三娘得救后,深感柳毅传书之义,请叔钱塘君作伐求配。柳毅为避施恩图报之嫌,拒婚而归。三娘矢志不渝,偕其父洞庭君化身渔家父女同柳家邻里相处，与柳毅感情日笃，遂以真情相告。柳毅难辞，与订齐眉之约，结为伉俪。

③指钟相杨幺起义。南宋建炎四年至绍兴五年（1130年—1135年），湖南义军首领钟相、杨幺等率众于洞庭湖区连年抗击南宋官军围剿的战争，后被南宋将领岳飞率军剿灭。

④屈原（公元前340年—公元前278年），战国时期楚国诗人、政治家。屈原是中国历史上伟大的爱国诗人，中国浪漫主义文学的奠基人，被誉为"中华诗祖""辞赋之祖"。作为楚国重要的政治家，早年受楚怀王信任，任左徒、三闾大夫，兼管内政外交大事。他提倡"美政"，主张对内举贤任能，修明法度，对外力主联齐抗秦。因遭贵族排挤毁谤，被先后流放至汉北和沅湘流域。公元前278年，秦将白起攻破楚都郢（今湖北江陵），屈原悲愤交加，怀石自沉于汨罗江，以身殉国。他在《离骚》中写的"路漫漫其修远兮，吾将上下而求索"成为千古名句。

⑤范仲淹（989年—1052年），北宋著名文学家、政治家、军事家、教育家。他为政清廉，体恤民情，刚直不阿，力主改革，屡遭奸佞诬谤，数度被贬。他的文学素养很高，受好友滕子京之托而作《岳阳楼记》一文，其文中之"先天下之忧而忧，后天下之乐而乐"成为历代治世名言。

⑥黎淳（1423年—1492年），湖南省华容县胜峰乡龙秀村人。明英宗天顺元年（1457年）中状元，也是湖南省岳阳市历史上唯一

的一名状元。他历任翰林院修撰、詹事府少詹事兼侍读、吏部右侍郎和南京工部尚书、礼部尚书等职，参与了《大明一统志》《英宗实录》《续资治通鉴纲目》的修撰。弘治五年（1492年）卒于家中，享年七十。传说黎淳中状元后，皇帝非常器重，有心招为驸马，许配大公主为妻。可是洞房花烛夜后，第二天早晨，驸马居然没有上朝谢恩。皇上追问其故，黎淳只好如实告知：龙女已有孕在身。皇上龙颜大怒之后，命当场剖腹验证，果如驸马所言。皇上为掩盖如此不齿之事，只好以大公主暴病身亡故，复许二公主为妻。之后黎淳打着"身配双皇女，湖湘第一家"的旗号衣锦还乡，但刚过黄河三十里许就被另一路人马追上，取了黎淳的首级。原来大公主与朝廷奸臣曹吉祥的儿子有奸，大公主死，断了曹吉祥成为皇亲国戚的美梦，于是愤然禀报皇上：驸马狂妄至极，竟敢打"天下第一家"之旗号。皇帝正在为痛失爱女而伤感，一听此言，当即下令追杀驸马，忽而又想到会伤害二公主，可话已出口，无奈之下，特诏以黄河为界，估计那时黎淳已经过了黄河。可是奸臣曹吉祥必欲置黎淳于死地而后快，公报私仇，持尚方宝剑赶过黄河三十里而杀驸马。事后皇帝得知真情，追悔不及，只好杀了奸臣，赐驸马金头一颗，厚葬于家乡华容状元山，并诏岳州府华容知县修状元街以谢黎淳。

⑦刘大夏（1436年—1516年），字时雍，号东山。湖南省华容县人。明代名臣、诗人。刘大夏于天顺八年（1464年）登进士第，

授翰林院庶吉士,历兵部职方司主事、郎中、广东右布政使、户部左侍郎、右都御史等职。弘治十五年(1502年),升任兵部尚书。刘大夏深受明孝宗宠遇,辅佐孝宗实现"弘治中兴",与王恕、马文升合称"弘治三君子"。他为官一生,历经了明英宗(天顺)、宪宗(成化)、孝宗(弘治)和武宗(正德)四代皇帝,晚年受刘瑾迫害,七十三岁被迫到甘肃荷戈守边。后刘瑾被诛,他恢复官职后,回归湖南华容东山草堂,教子孙种田谋生。他自作墓志铭:"不要让人用饰美之词,让我怀愧于地下也。"正德十一年(1516年)五月,刘大夏去世,享年八十一岁。追赠太保,谥号"忠宣"。

⑧郭嵩焘(1818年—1891年),学名先杞,后改名嵩焘,湖南湘阴城西人,晚清官员,湘军创建者之一,中国首位驻外使节。道光二十七年(1847年)中进士,咸丰四年(1854年)至咸丰六年(1856年)为曾国藩幕僚。同治元年(1862年),被授为苏松粮储道,旋迁两淮盐运使。同治二年(1863年)任广东巡抚,同治五年(1866年)罢官回籍,在长沙城南书院及思贤讲舍讲学。光绪元年(1875年),经军机大臣文祥举荐进入总理衙门,不久出任驻英公使。光绪四年(1878年)兼任驻法使臣,次年迫于压力称病辞归。光绪十七年(1891年)病逝,终年73岁。

⑨左宗棠(1812年—1885年),字季高,湖南湘阴人。晚清重臣,军事家、政治家、湘军著名将领,洋务派首领。左宗棠曾就读

于长沙城南书院，二十岁乡试中举，但此后在会试中屡试不第。他留意农事，遍读群书，钻研舆地、兵法，一生经历了湘军平定太平天国运动、洋务运动、平叛陕甘同治回乱、收复新疆以及新疆建省等重要历史事件。官至东阁大学士、军机大臣，封二等恪靖侯。中法战争时，自请赴福建督师，光绪十一年（1885年）在福州病逝，享年七十三岁。追赠太傅，谥号"文襄"，并入祀昭忠祠、贤良祠。与曾国藩、李鸿章、张之洞并称"晚清中兴四大名臣"。

⑩彭德怀（1898年—1974年），湖南湘潭人，中华人民共和国开国元勋，中国人民解放军著名将领、中华人民共和国元帅。1928年4月在大革命失败后的革命低潮时期，经段德昌介绍加入中国共产党。7月22日与滕代远、黄公略等领导平江起义（使岳阳成为现代革命的发祥地之一），组建中国工农红军第五军，任军长兼第13师师长。8月起率部在湘鄂赣边界开展游击战争，建立革命根据地，成立中共湘鄂赣边界特委，任特委委员。年底率红五军主力到井冈山，同朱德、毛泽东率领的红四军会师。抗日战争中发动百团大战，为中国共产党领导下的八路军在正面战场取得的最重大胜利。抗美援朝战争中，担任中国人民志愿军司令员，与麦克阿瑟和李奇微对决，迫使联合国军撤退至北纬38度线以南。中华人民共和国成立后，任国务院副总理兼第一任国防部部长，中共第六至八届中央政治局委员，中共中央军事委员会副主席。

⑪任弼时（1904年—1950年），湖南省湘阴县（今属汨罗市）

塾塘乡唐家桥人，中华人民共和国开国元勋，中国共产党与中国工农红军主要领导者之一。任弼时早年留学苏联，随后任中国共产主义青年团中央代理书记、总书记。第一次国共内战期间，担任中共苏区中央局代理书记、湘赣苏区省委书记，领导红六军团、红二方面军参加长征。抗日战争期间，担任中国共产党驻共产国际代表，并任中共中央秘书长、中共中央书记处书记。解放战争时期，是中共中央"五大书记"之一。1950年去世。

⑫张震（1914年—2015年），原名张见生，湖南省平江县长寿镇人。张震同志一生历经红军长征、抗日战争、解放战争、抗美援朝。1985年受命创办国防大学，1955年9月被授予中将军衔，1988年9月被授予上将军衔。张震是中国共产党的优秀党员，久经考验的忠诚的共产主义战士，无产阶级革命家、军事家，中国人民解放军的卓越领导人，中央军委原副主席。2015年9月3日在北京逝世，享年101岁。

⑬何长工（1900年—1987年），原名何坤，湖南华容人。1922年在法国加入旅欧中国少年共产党，同年转为中国共产党党员。1923年去比利时做工。1924年回国，从事党的秘密工作。1925年在湖南南县、华容从事学生运动，曾任新华中学校长，并任该校中共党委书记，创建该地区中共党团组织。1926年秋任华容县农民自卫军总指挥，中共南（县）华（容）地委常委兼军事部部长。1927年"四一二反革命政变"后入国民革命军第二方面军总指挥部警卫

团,后任连党代表。同年9月参加湘赣边秋收起义,后上井冈山。1928年初曾被毛泽东派到王佐部队做政治工作。先后任工农革命军第一师二团党代表、红四军三十二团党代表兼中共宁冈中心县委书记,农民自卫军总指挥,中共湘赣特委委员、前敌委员会常委。何长工是朱、毛会师的关键人物(他奉毛泽东之命到韶关寻找朱德部队)。他是中国共产党久经考验的忠诚的共产主义战士、老一辈无产阶级革命家、卓越的军事家、军事教育家。

⑭"气蒸云梦泽"一句出自唐代孟浩然的《望洞庭湖赠张丞相》一诗:"八月湖水平,涵虚混太清。气蒸云梦泽,波撼岳阳城。欲济无舟楫,端居耻圣明。坐观垂钓者,徒有羡鱼情。"作为与岳阳休戚相关的地理名词,因孟浩然之"气蒸云梦泽"诗句,注解家们大都将"云梦"归属于长江中游江汉平原与洞庭湖平原交接处的岳阳地区。

⑮一极三宜:所谓"一极",这是今天岳阳城市文明建设的新理念。即在新的历史时期,通过努力把岳阳打造成湖南发展的新增长极,力争到2020年,主要经济指标占全省比重12%左右;到2025年,占全省比重15%左右,真正成为具有较强经济拉动力、市场辐射力和区域影响力的名副其实的湖南新一极。而所谓"三宜",则是"宜居、宜业、宜游",这是根据岳阳的资源禀赋特色和城市个性特点决定的。

⑯糜罗二国:即糜子国与罗子国。这是周武王时期分封诸侯时

游离在今天岳阳境内的两个十分小的诸侯国。糜子国分为东城与西城。据考古研究，一般认为古糜子国城的东城在今岳阳梅子市、西城在岳阳楼附近。罗子国在今屈原管区境内，其遗址尚存。

⑰《二十四孝》，全名《全相二十四孝诗选集》，元代郭居敬编录。它是历代二十四个孝子从不同角度、不同环境、不同遭遇行孝的故事集，也是中国古代宣扬儒家思想及孝道的通俗读物。位列第一位的就是舜帝。舜，五帝之一，史称虞舜。相传他的父亲瞽叟及继母、异母弟象，多次想害死他。例如，让舜修补谷仓的仓顶时，他们就从谷仓底下纵火，舜手持两个斗笠跳下逃脱；让舜掘井时，瞽叟与象却下土填井，舜掘地道逃脱。事后舜毫不嫉恨，仍对父亲恭顺，对弟弟慈爱。他的孝行感动了天帝。舜在历山耕种，大象替他耕地，群鸟代他锄草。帝尧听说舜非常孝顺的故事，并且有处理政事的才干，就把两个女儿（娥皇和女英）嫁给了他。尧帝经过多年观察和考验，选定舜做他的继承人（这就是中国历史上所说的"禅让制"）。舜登上天子位后，就回去看望父亲，仍然恭恭敬敬，并封象为诸侯。所以后人有诗赞曰：队队春耕象，纷纷耘草禽。嗣尧登宝位，孝感动天心。

⑱曾参（公元前505年—公元前435年），字子舆，春秋时期鲁国人，孔子的得意弟子，世称"曾子"，以孝著称。《孔子家语》中有一篇《曾子耕瓜》的故事。内容大意是：曾参（孔子学生）在田里帮父亲曾晳（亦孔子学生）锄草，不小心把瓜苗给斩断，父亲

大怒，拿起一根大棒就朝曾子背部打来，曾子没有避让，于是被父亲一棒子打昏在地。曾子慢慢苏醒过来后，第一件事情赶快到父亲的跟前赔礼："以往参得罪于父亲大人，父亲大人用力教训儿子，不知父亲有没有闪了腰？"见父亲不语，他便退到屏风后面，弹琴唱歌，来平息父亲的不满。孔子听到这件事后，告诉门人，"曾参来了，不要让他进来！"曾子如丈二和尚摸不着头脑，我没有罪啊，赶快请人跟孔子解释。孔子说："瞽叟有个儿子叫舜，他是如何服侍父亲的：随时要使唤他，舜总不离左右；想要杀了他，舜就逃得无影无踪。如果看到父亲拿个小树条，便站在那儿，就等着父亲来教训；若是父亲拿个大木棒，那就赶快逃之夭夭，以避免暴虐之事发生。如今你挺身而立，以待暴怒，若是你的父亲真的把你杀了，你就陷你父亲于不义，这难道不是大不孝吗？你难道不是天子之民吗？你父亲杀天子之民，他又该当何罪？"这种委曲求全的忠孝之所以受到了孔子批评，是因为他的这种愚蠢做法有可能会让他的父亲陷于不义。因而告诉我们孝敬父母时要注意方式方法。

⑲董永，《二十四孝》人物之一。相传为东汉时期千乘（今山东高青县北）人，母亲病故后，因避兵乱迁居安陆（今属湖北）。其后父亲亡故，董永卖身至一富家为奴，换取丧葬费用。上工路上，于槐荫下遇一女子，自言无家可归，二人结为夫妇。女子以一月时间织成三百匹锦缎，为董永抵债赎身。返家途中，行至槐荫，女子告诉董永：自己是天帝之女，奉命帮助董永还债。言毕凌空而

去。因此，槐荫改名为孝感。今湖北孝感市因此得名。

㉕《刘海砍樵》是一个弘扬忠孝的民间故事。以砍柴为生的樵夫刘海住在武陵丝瓜井，家有双目失明的老母亲，生活非常贫困，靠着忠厚和勤劳，他不仅支撑起家里的生活，还赢得了狐仙的爱慕。狐狸变为少女胡秀英，爱慕刘海勤劳、朴实。刘海上山砍柴，秀英暗中相帮，刘海感觉奇怪，却四处找不见人。刘海卖柴回家，路遇秀英，互道姓名及家境后，秀英向刘海吐露爱慕之情。刘海觉得双方贫富相差悬殊，当即表示拒绝。但秀英拦路不放。刘海叫秀英答应三件事方与成婚：第一，要侍奉双目失明的婆母；第二，要劳动；第三，要找个媒人。秀英都答应了。于是，二人以柳树为媒，山作证，在山林中二人结为夫妻，双双转回家中。

㉑黄香（约68年—122年），东汉江夏安陆人，九岁丧母，事父极孝。酷夏时为父亲扇凉枕席，寒冬时用身体为父亲温暖被褥。少年时即博通经典，文采飞扬，京师广泛流传"天下无双，江夏黄香"。他一生中历任郎中、尚书郎、尚书左丞，后又升任尚书令，任内勤于国事，一心为公，晓熟边防事务，调度军政有方，受到汉和帝的恩宠。安帝时任魏郡（今属河北）太守，当时魏郡遭受水灾，黄香尽其所有赈济灾民。著有《九宫赋》《天子冠颂》等。

㉒《背影》是现代作家朱自清（1898年—1948年，现代杰出的散文家、诗人、学者、民主战士）于1925年所写的一篇回忆性散文。这篇散文叙述的是作者离开南京到北京上学，父亲送他到浦口

火车站，照料他上车，并替他买橘子时的情形。在作者脑海里印象最深刻的，是他父亲替他买橘子时在月台爬上攀下时的背影。作者用朴素的文字，把父亲对儿女的爱，表达得深刻细腻、真挚感人，从平凡的事件中，呈现出父亲的关怀和爱护。

㉓《三字经》说："昔孟母，择邻处。"孟母为了让从小调皮的孟子（约公元前372年—约公元前289年，是孔子之孙孔伋的再传弟子，是战国时期伟大的思想家、教育家，儒家学派的代表人物。与孔子并称"孔孟"）接受良好的教育，花了很多心血。先前，他们住在墓地附近，孟子常与邻居的小孩一起学着大人跪拜、哭嚎的样子，玩起办理丧事的游戏。孟母皱起眉头：孩子不能住在这里！于是就搬到市集旁边去住。到了市集，孟子又和邻居的小孩，学起商人做生意的样子。一会儿鞠躬欢迎客人，一会儿招待客人，一会儿和客人讨价还价，表演得像极了！孟母知道后又皱皱眉头：这个地方也不适合孩子居住！于是，他们又搬到了学校附近。在这里，孟子每天见到的都是一些文雅之人，于是开始变得守秩序、懂礼貌、喜欢读书。孟母很满意地点着头说："这才是我儿子应该住的地方呀！"后来，世人就用"孟母三迁"喻示人应该接近好的人、事、物，才能学习到好的行为习惯！

㉔汉文帝刘恒（公元前202年—公元前157年），汉高祖第四子，以仁孝闻名天下，侍奉母亲从不懈怠。母亲卧病三年，他常常目不交睫，衣不解带；母亲所服的汤药，他亲口尝过后才放心让母

亲服用。他在位24年，重德治，兴礼仪，注意发展农业，使西汉社会稳定，人丁兴旺，经济得到恢复和发展。历史上把他的统治时期和其后汉景帝的统治时期一起誉为"文景之治"。

㉕杨士奇（1365年—1444年），明代大臣、学者，官至礼部侍郎兼华盖殿大学士，兼兵部尚书，历五朝，在内阁为辅臣四十余年，首辅二十一年。杨士奇一岁丧父，四岁时随母亲改嫁同里罗子理（当时举进士，为德安府同知）。幼小的士奇跟随继父、母亲一起到了德安。有一次罗家祭祖，年幼的杨士奇自己一个人做土像祭祀杨氏祖先，被罗子理发现并赞扬他的志气，恢复了杨士奇的宗姓。随后，罗因得罪权贵戍边陕西去世，杨士奇与母回到德安，他一边教学一边侍母。因为他的崇高德行受到社会普遍赞许，于是被地方举荐到朝廷为官，一生见证了明朝的由盛转衰。

㉖㉗羊羔跪乳、乌鸦反哺，出自《增广贤文》"羊有跪乳之恩，鸦有反哺之义"。因为小羊每次吃奶都是跪着的，所以世人认为小羊跪着吃奶是感激妈妈的哺乳之恩，是感恩的举动。据说乌鸦在父母年老时就会四处觅食喂给父母吃，回报父母的养育之恩，并且从不感到厌烦，一直到老乌鸦临终为止。

㉘束修收徒，出自《论语·述而篇》："自行束修以上，吾未尝无诲也！"意思是说凡年满十五岁的学生，不论贫富，我没有理由不让他从师读书。"束修"是古代男子十五岁举行的一种成人礼。孔子自己十五岁志于学，因而推己及人，凡达到这个年龄的

少年，他都会收徒授教。孔子（公元前551年—公元前479年），名丘，字仲尼，中国著名的思想家、政治家、教育家。孔子一生修《诗》《书》，定《礼》《乐》，序《周易》，作《春秋》。他的教育方针集中体现在"因材施教，有教无类"这八个字上。孔子将学生分为四类：德行、言语、政事、文学，其中德行居于首位。

㉙端木赐（公元前520年—公元前456年），复姓端木，字子贡，孔子的得意门生，孔子曾称其为"瑚琏之器"。后弃官从商，成为孔子弟子中最富有者，商界历来公认他为"儒商始祖"。公元前479年，孔子溘然长逝，众弟子皆服丧三年，相诀而去，独有子贡结庐墓旁，守墓三年（亦说六年），足见师徒情深，尊师之诚。世人感念此事，建屋三间，立碑一座，题为"子贡庐墓处"。因子贡为孔墓所植之树为楷树，世人便以"楷模"一词来纪念这位圣徒。

㉚秦始皇（公元前259年—公元前210年），嬴姓，名政。秦庄襄王之子。十三岁继承王位，三十九岁称皇帝，在位三十七年。他是中国历史上著名的政治家、战略家、改革家，首位结束战国纷争完成大一统的政治家。他建立起了第一个多民族的中央集权制国家，也是第一个称皇帝的封建王朝君主。公元前215年秋天，秦始皇第四次出巡，从碣石向仙岛前进。到了岛上，始皇环视渤海时忽然下马，撩衣跪拜起来，随从的大臣们见此情景，不明所以，也只好跟着参拜。等皇帝站起身来，大臣李斯问他为何参拜，秦始皇深情地说："众位卿家，此岛所生荆条，正是朕幼年在邯郸时老师所用的

荆条，朕见荆条，如见恩师，怎能不拜？"后来，人们就把这个岛称为秦皇岛，据说岛上的荆条为秦始皇敬师的精神所感动，皆垂首向下，如叩头答谢状。

㉛"孔子问礼"，载于《史记·老子韩非列传》。孔子到周国（河南洛阳），向老子求教有关（周文王时期）礼仪的问题。老子说："你所说的这些人的尸骨都已经腐朽了，只是他们的言论还存在，就像在耳边刚刚说过一样。有德行的人得到时机就会出来教化天下，没有机会就蓬头垢面行走（陋巷之中）。我听说善于经商的商人，深藏不露富，言行十分平淡；有德行的人心怀大德，看上去很愚钝的样子。舍去你的骄气和追求的欲念，舍去得意的面相和长期坚持的志向，这些都是对于你没有什么益处的东西。我所能告诉你的只有这些而已。"孔子离去，对弟子说："鸟啊，我知道它们能飞；鱼啊，我知道它们能游；野兽，我知道他们能奔跑。善跑的野兽我可以结网来逮住它，会游的鱼儿我可以用丝条缚在鱼钩来钓到它，高飞的鸟儿我可以用良箭把它射下来。至于龙，我却不能够知道它是如何乘风云而上天的。老子，他就像龙一样啊！"孔子认为，老子学识渊博而高深莫测，志趣高雅而难以为人所知，像蛇一样随时可屈可伸，像龙一样应时而变化。因此十分感慨地说："老子真是我的老师啊！"

老子（约公元前580年—约公元前500年？），字聃，又称李耳。曾做过周朝"守藏室之官"（管理藏书的官员），是中国伟大的哲学家和思想家之一,道家学派创始人。老子著有《道德经》一书,是道家学派的经典著作。他的学说后来被庄子继承与发展,因此世人便将老子哲学和庄子哲学并称"老庄哲学"。

㉜程门立雪,旧指学生恭敬受教,现指尊敬师长。比喻求学心切和对有学问长者的尊敬。北宋时,河南洛阳的程颢(1032年—1085年)、程颐(1033年—1107年)两兄弟既是著名的理学家,又是著名的教育家。他们是宋明理学的奠基人,长期在洛阳讲学传道,开创了宋代四大学派之一的洛学。据说,有一天游酢和杨时去拜见程颐,他们在窗外看见程颐正在打坐,就在门外静静等待。此时天上下起了鹅毛大雪,等程颐醒来时,门外的积雪已经有一尺厚了。

㉝雪中送炭,此处指齐白石(1864年—1957年)先生的《雪中送炭图》。京剧大师梅兰芳(1894年—1961年)也是一位丹青妙手,他曾拜名画家齐白石为师,执弟子之礼。一次,梅兰芳应邀到朋友家作客,齐白石先生也来赴宴,他衣着寒酸,被冷落在一旁。梅兰芳一到,客厅里的人蜂拥上前,把他团团围住,握手寒暄。忽然,梅兰芳一眼见到齐白石先生,便急忙挤出人群,快步走到齐先生面前,一躬到地,恭恭敬敬地叫了一声"老师",然后,坐在老师下首,问寒问暖,敬菜敬酒,直至席终。齐白石深为感动,不久,他馈赠梅兰芳一幅《雪中送炭图》,并题诗曰:"记得前朝享太平,布衣尊贵动公卿。如今沦落长安市,幸有梅郎识姓名。"

㉞朱德（1886年—1976年），中国共产党、中国人民解放军和中华人民共和国的主要缔造者和领导人之一，中华人民共和国十大元帅之首，伟大的无产阶级革命家、军事家、政治家。1959年初春的一天，朱德在云南政治学院礼堂看戏。开演前，一位年逾古稀的老人由服务员引了进来，朱德一眼认出老人是自己在云南陆军讲武堂学习时的教官叶成林。他急忙起身，立正敬礼，礼毕紧紧握住老人的手说："叶老师，请坐！"待老人坐定后，他自己才入座。

㉟徐特立（1877年—1968年），杰出的革命家和教育家，毛泽东主席和田汉等著名人士的老师。1911年参加辛亥革命，1927年加入中国共产党，同年8月参加南昌起义。1931年11月当选为中华苏维埃共和国中央执行委员会委员。1934年参加长征。新中国成立后，曾任中央人民政府委员会委员。1968年11月28日在北京逝世，享年91岁。著作大都收集在《徐特立教育文集》和《徐特立文集》中。党中央曾评价他"对自己学而不厌，对别人诲人不倦"。1937年，徐特立60寿辰，毛泽东同志特意写贺信祝寿，他在信的开头写道："你是我二十年前的先生，你现在仍然是我的先生，你将来必定还是我的先生。"并号召全党向徐老学习。

㊱姜肱（生卒年不可考），据《后汉书》卷五十三《周黄徐姜申屠列传·姜肱》记载：姜肱与二弟仲海、季江，都以孝行著名。他们友爱天性，常共同卧起。等到各自娶妻，兄弟相恋，不能别寝，因系嗣当立，才依次往各室去住。姜肱博通《五经》，兼明星

纬之学，远来学习的有三千多人。诸公争相请他，都不就职。二弟名声相次，也不应征聘，当时人很仰慕他们。姜肱曾经和弟弟季江一道去谒见郡吏，在路上遇了强盗，想杀他们。姜肱与兄弟争着去死，强盗人被感化于是放了他们二人，只抢夺衣服财物后就走了。他们到了郡中，郡吏看到肱没穿衣服，怪问其故，姜肱托以他辞，始终不说出路遇强盗之事。强盗听说此事后很感动也很后悔，主动到精舍求见姜肱。姜肱和他们相见，强盗叩头谢罪后，一并退还所掠财物。姜肱不受，用酒食犒劳他们并要他们快走。

世人认为：姜肱兄弟三人情同手足，形影不离，读书、玩耍、做家务等都在一起。而且三个兄弟缝了一床大棉被每天都睡在一起。这是一种纯真的兄弟情。夜遇强盗，兄弟争死，这又超越了兄弟情。盗贼悔改登门谢罪，表痛改之意，这更是兄弟仁爱的升华。故清朝曹寅《月夜书怀》诗云："暖忆姜肱被，羞弹卜式冠。"

㊲鲍叔牙（？—公元前644年），姒姓，鲍氏，名叔牙。春秋时期齐国大夫。早年辅助公子小白（即后来的齐桓公），齐襄公十二年（公元前686年）协助公子小白夺得国君之位，并推荐管仲为相。管仲（？—公元前645年），是中国古代著名的哲学家、政治家、军事家。他辅佐齐桓公，九合诸侯，一匡天下，成就了齐桓公的霸业。但是管仲以前曾是齐桓公的政敌。齐桓公的兄长齐襄公把齐国搞得一塌糊涂，使齐国政治陷入深刻的危机之中，诸公子纷纷逃亡，以避灾难。公子小白与鲍叔牙投奔莒国，弟弟公子纠则同

管仲投奔鲁国。不久，国内发生政变，齐襄公被杀。公子小白和公子纠得知消息后，分别由他们所居的国家派遣军队，护送回国。两兄弟谁先回到齐国，谁就可能成为国君。管仲为了帮助公子纠夺得齐国君位，在中途放暗箭射中公子小白，公子小白诈死，迷惑了管仲后，迅速返回齐国。小白即位，是为齐桓公，要封鲍叔牙为相。鲍叔牙却向齐桓公极力推荐管仲，他对齐桓公说："管仲之才，胜我百倍，君若欲大展宏图，非管仲莫属。"齐桓公听从了鲍叔牙意见，拜管仲为相。管仲大刀阔斧进行改革，齐国大治，国力大增。齐国以"尊王攘夷"为旗号，成为春秋五霸之首。

㊳《论语·季氏篇》载，子曰："益者三友，损者三友。友直，友谅，友多闻，益矣。友便辟，友善柔，友便佞，损矣。"这段话的意思是，孔子说："有益的朋友有三种，有害的朋友有三种。与正直的人交朋友，与诚信（谅，诚信）的人交朋友，与知识广博的人交朋友，是有益的。与谄媚逢迎的人交朋友，与表面奉承而背后诽谤人的人交朋友，与善于花言巧语的人交朋友，是有害的。"

㊴"弟子入则孝，出则悌，谨而信，泛爱众而亲仁，行有余力，则以学文。"出自《论语·学而》。意思是孩子们在家要孝顺父母，出门要尊敬兄长，做人言行要谨慎讲话要讲究信用，广泛地与众人友爱，亲近有仁德的人，这样做了还有余力，就用来学习各种文化知识。孔子要求弟子们余力学文，不仅仅是指学习书本知

识,也包括学习各种技艺。孔子想以此造就一批有较高道德素养、有知识的人才,其中,道德素养是第一位的,因为他不希望自己的学生成为仅有知识而缺乏道德的人。

㊵三教,世人习惯上称儒家、佛家(亦称释家)、道家三家之学说为三教。儒释道三家都奉行一个宗旨:诸恶不作,众善奉行。

㊶"内圣外王"最早出自庄周《庄子·天下》篇:"圣有所生,王有所成,皆原于一(道)。""是故内圣外王之道,暗而不明,郁而不发,天下之人,各为其所欲焉,以自为方。"意思是指内具有圣人的才德,对外施行王道。

"修己安人"出自《论语·宪问》:子路问君子。子曰:"修己以敬。"曰:"如斯而已乎?"曰:"修己以安人。"曰:"如斯而已乎?"曰:"修己以安百姓。"故而"修己安人"意思是提高自身修养,使人民安乐。

㊷此语出自《论语·阳货》:子曰:"性相近也,习相远也。"性,指人(或生命)先天具有的纯真本性。习,指后天习染积久养成的习性。南宋学者王应麟所著《三字经》译云:"人(或生命)先天具有的纯真本性,互相之间是接近的,而后天习染积久养成的习性,却互相之间差异甚大。"这两句话把"性"与"习"分辨甚明。

㊸这句话出自三国时期蜀汉皇帝刘备去世前给其子刘禅遗诏:"勿以恶小而为之,勿以善小而不为。唯贤唯德,能服于人。"其

目的是劝勉刘禅要进德修业，有所作为。好事要从小事做起，积小成大，也可成大事；坏事也要从小事开始防范，否则积少成多，也会坏了大事。所以，不要因为小事情好处不多而不做，小善积多了就成为利天下的大善，而小恶积多了则"足以乱国家"。

㊹"积善之家，必有余庆；积不善之家，必有余殃"一语出自《易经·坤卦》。意思是说，修善之家，必然有多的吉庆；作恶之家，必多祸殃。其中所阐述的道理，则是一种事物由循序渐进、慢慢积累，最终由量变引起质变的现象。尤其是要警示世人，一些微小不良现象的萌生，应尽早看到及早警惕和采取措施，以防微杜渐，如若任其发展下去，其危害和后果十分严重。

㊺"祸福无门，惟人自召。善恶之报，如影随形"一语出自《太上感应篇》。太上老君说：人的福祸，本来就没有一定的门路，全都是自己招来的。善恶的报应，就如同影子一样，人到哪里，影子也就跟随到哪里，永远都不分离。"不履邪径"，"履"是行动的意思，"径"是道路的意思，"邪径"是指不正确的路。全句是说人不可以走邪路，只要走错误的道路就会犯大错，一朝失足于邪径，就会遗恨终生。"不欺暗室"，是指即使在没有人看见的地方，也绝对不做违背道义和违法乱纪等见不得人的事。

㊻"非礼勿视，非礼勿听，非礼勿言，非礼勿动"，此语出自《论语·颜渊》。非礼，指不合礼仪制度，亦指违礼之事。意思是凡是不符合礼仪制度的事或社会现象，都不要去看，不要去听，不

要去说，也不要去行动。中国礼乐始自夏商，到周朝初期周公"制礼作乐"形成独有文化体系，后经孔子和孟子承前启后，聚合前人的精髓创建以礼乐仁义为核心的儒学文化系统，从而得以传承发展至今，是中国古代文明的重要组成部分。

㊼此段文字出自子思（孔伋，字子思，孔子之子孔鲤的儿子。约公元前481年—公元前402年，春秋时期著名的思想家）写的《中庸》。《中庸》说："天命之谓性，率性之谓道，修道之谓教。道也者，不可须臾离也。可离，非道也。是故君子戒慎乎其所不睹，恐惧乎其所不闻。莫见乎隐，莫显乎微。故君子慎其独也。"意思是指上天所给予人先天的气质叫做性，依照自然本性去做事叫做道，修道的方法就是通过教化来引导世人向善。这个先天赋予的自然本性之道，片刻也不能离开我的身心，如果可以离开，那就不是道了。所以，君子就是在别人眼睛看不到的地方，更加要谨慎小心，在别人听不到的地方，特别要注意警惕。隐秘的事情，没有不被人发现的，细微的事情，没有不被显露出来的，所以，君子在个人独处、无人注意的时候，也要谨言慎行，不做有失道德礼仪规范和违法之事，必须做到时刻谨慎警惕，一言一行必须遵守道德礼仪和法纪法规。

㊽《论语·子张》中子游云："子夏之门人小子，当洒扫应对进退，则可矣。抑末也。本之则无，如之何？"在这里虽然子游认为，子夏的那些启蒙学生，仅满足于知道洒扫应对和进退，还是

不够的。他认为还没有接受到教育的主要内容（"本之则无，如之何？"）。而宋代理学家朱熹就此问题进行了引申与阐述。他认为学生教育，从小到大，应该从易到难，循序渐进。朱熹《〈大学章句〉序》云："人生八岁，则自王公以下，至于庶人之子弟，而教之以洒扫应对进退之节，礼乐射御书数之文。"到八岁的时候，自王公到普通百姓的孩子，都上小学学习。小学的主要课程是扫地、洒水等简单的日常家务劳动等，与人交流、待人接物等办理简单事情的礼仪学习，同时兼顾学习六艺。从这里可以看出朱熹和子夏的教育思想是一脉相承的，就是从学生行为品德入手，先教会学生做人做事，再教学生读书。这与孔子"入则孝，出则悌，泛爱众而亲仁，行有余力，则以学文"的教育思想是完全一致的。

㊾"天降大任于斯人"一语出自《孟子·告子下》："舜发于畎亩之中，傅说举于版筑之间，胶鬲举于鱼盐之中，管夷吾举于士，孙叔敖举于海，百里奚举于市。故天将降大任于是（斯）人也，必先苦其心志，劳其筋骨，饿其体肤，空乏其身，行拂乱其所为，所以动心忍性，曾益其所不能。"意思是说，圣贤舜、傅说、胶鬲、管仲、孙叔敖，在展现才能前，都曾在艰难困苦中经受锻炼。所以，上天将要把重大使命降落到某人身上，一定要先使他的意志受到磨练，使他的筋骨受到劳累，使他的身体受忍饥挨饿之苦。通过这些磨砺，使他的心志得以震动，使他的性情能够坚强起来，以增长他还不具备的才能，最后成为有用之才。

㊼子曰:"君子求诸己,小人求诸人。"这一句出自《论语·卫灵公》。意思是任何事情,当出现任何问题的时候,君子总是解剖自己,责备自己,从自身找缺点找问题。小人却从不从自身寻找问题,往往是把目光射向别人,只寻找别人的缺点和不足,什么事情都责求别人。

㊶"好好学习,天天向上"是毛泽东同志的题词。1951年9月底,毛泽东主席接见安徽省参加国庆代表团时,给代表团成员中一个渡江小英雄马三姐的题词。毛泽东关切地问她念书情况,还送她一本精美的笔记本,并且在扉页上题词:"好好学习,天天向上。"

"少壮努力,老大不悲"是对《乐府诗集·长歌行》中的"百川东到海,何时复西归。少壮不努力,老大徒伤悲"的逆向借用。原意是,年轻力壮的时候不奋发图强,到了一头白发的时候学习,悲伤难过也是徒劳。提醒我们应该珍惜时间,趁年纪还轻,好好努力,不要到老了的时候,一事无成,这样只能留下悲伤、悔恨。

㊷据《资治通鉴》记载:马援少时,以家用不足辞其兄况,欲就边郡田牧。况曰:"汝大才,当晚成;良工不示人以朴,且从所好。"遂之北地田牧。常谓宾客曰:"丈夫为志,穷当益坚,老当益壮。"马援(公元前14年—公元49年),西汉末至东汉初年著名军事家,东汉开国功臣之一。马援年少而有大志,十二岁时,父亲去世。马援的几个哥哥感觉到他是一个奇才,可成大器,曾教他学

《齐诗》，但马援却不愿拘泥于章句之间，就辞别兄长马况，想到边郡去耕作放牧。谁知没等马援起身，马况便去世了。马援只得留在家中，为哥哥守孝一年。后来马援当了郡督邮。一次，他奉命押送囚犯到司命府。囚犯身有重罪，马援可怜他，私自将他放掉，自己则逃往北地郡。不久天下大赦，马援就在当地畜养起牛羊来。时日一久，不断有人从四方赶来依附他，于是他手下就有了几百户人家，供他指挥役使，他带着这些人游牧于陇汉之间，但胸中之志并未稍减。他常对宾客们说："大丈夫的志气，应当在穷困时更加坚定，年老时更加壮烈。"新朝末年，天下大乱，马援为陇右军阀隗嚣的属下，甚得隗嚣的信任。后来归顺光武帝刘秀，为刘秀统一天下立下了赫赫战功。天下统一之后，马援虽已年迈，但仍请缨东征西讨，西破羌人，南征交趾，官至伏波将军，因功封新息侯，被人尊称为"马伏波"。其"老当益壮""马革裹尸"的气概甚得后人的崇敬。

㊷此句出自《论语·为政》。子曰："吾十又五而志于学，三十而立，四十而不惑，五十而知天命，六十而耳顺，七十而从心所欲，不逾矩。"孔子说："我十五岁立志于学习；三十岁能够自立；四十岁能不被外界事物所迷惑；五十岁懂得了天命；六十岁能正确对待各种言论，不觉得不顺；七十岁能随心所欲而不越出规矩。"孔子自述了他学习和修养的全部过程。在这一过程中，随着年龄的增长，思想境界逐步提高。就思想境界而言，整个过程分为

三个阶段：十五岁到四十岁是学习领会的阶段；五十、六十岁是修心立命的阶段，也就是不受环境左右的阶段；七十岁是主观意识和做人的规则融合为一的阶段。在这个阶段中，道德修养达到了最高的境界。

㉴甘罗（约公元前256年—？），战国时期秦国名臣甘茂之孙，著名的少年政治家。甘罗自幼聪明过人，十二岁时出使赵国，使计让秦国得到十几座城池，甘罗因功得到秦始皇赏赐，任上卿（相当于丞相），并封赏田地、房宅。

文彦博（1006年—1097年），北宋时期著名政治家、书法家。自幼聪明，学习勤奋，刻苦用功。他少年及第，从知县一直做到宰相，历仕仁、英、神、哲四朝，出将入相五十年。对整顿财政、加强边防做出了重大贡献，成为宋朝一位十分出色的政治家，被世人称为贤相。有《文潞公集》四十卷，《全宋词》录其词一首。

㉵皇甫谧（215年—282年），晋朝人，中国历史上的著名学者，在文学、史学、医学诸方面都很有建树。古人曾赞云："考晋时著书之富，无若皇甫谧者。"皇甫谧广泛学习百家之言，是一个很有学问的人。后来他又集中精力研究医学，撰著了《针灸甲乙经》这部不朽的世界医学名著，创立了一套针灸学理论体系，成为我国针灸学理论的奠基人。

阎若璩（1638年—1704年），山西太原人，清初著名学者，清代汉学（或考据学）发轫之初最重要的代表人物之一。阎若璩一生勤奋治学、著书，除著有《古文尚书疏证》外，尚有《四书释地》《潜邱札记》《困学记闻注》《孟子生逐年月考》《眷西堂集》等。他治学严谨，“事必求其根柢，言必求其依据”，“无一字假”。这种学风，对乾嘉学派的形成影响很大。纪昀对他在考据学上的贡献给予很高评价：“百年以来，自顾炎武以外，罕能与之抗衡者。”江藩《汉学师承记》将阎若璩推为清代汉学家第一。

(56)李铉（生卒年不祥），南北朝时期北齐的著名学者。李铉自幼十分聪明，但因家庭贫穷，九岁时才在亲戚朋友的帮助下上学读书。他边上学边干农活，农忙季节还要暂时停止学习，抢收抢种。16岁那年，他就读完了《诗经》《尚书》《礼记》《周礼》《仪礼》《左传》等儒家经典，写了许多读书笔记。后来，他拜在当时享有盛名的儒学大师徐遵明门下，苦学五年，学成归家。李铉撰写了《孝经义疏》《论语义疏》《毛诗义疏》《三礼义疏》《春秋三传异同》《周易义例》等多种著作，成了当时很著名的一位学者。

王充（27年—约97年），东汉唯物主义哲学家、无神论者。出身贫寒，却喜欢读书写字。六岁时，父亲开始教他读书，过目不忘。八岁进书馆读书，刻苦学习《论语》《尚书》等。不幸的是父母早逝。因为他从小聪慧，勤奋读书，尤以孝敬而闻名乡里，出身寒苦的他，被地方保荐到京城洛阳太学读书，拜班彪为师。几年后，他读遍了太学里的全部藏书。因为家穷无钱买书，只好利用课余时间去洛阳街上书铺里借书读。就这样，王充精通了百家之言。

王充擅长辩论，喜欢独立思考，写下了影响后世的元神论著作《论衡》八十五篇。

华罗庚（1910年—1985年），出生于江苏常州金坛区一个小商人家庭。中国著名数学家、中国科学院院士，美国国家科学院外籍院士，第三世界科学院院士，联邦德国巴伐利亚科学院院士。他是中国解析数论、矩阵几何学、典型群、自守函数论与多元复变函数论等多方面研究的创始人和开拓者，并被列为芝加哥科学技术博物馆中当今世界88位数学伟人之一。1925年华罗庚初中毕业后，因家境贫寒而不能继续到高一级学校学习，只好到黄炎培在上海创办的中华职业学校学习会计，为求一个养家糊口的职业。不到一年，因为生活费用昂贵，被迫中途辍学，回金坛帮父亲料理杂货铺。边站柜台边自学数学。

屈原（公元前340年—公元前278年），战国时期楚国诗人、政治家。楚武王熊通之子屈瑕的后代。虽然出身贵族家庭，却从小好学，不论刮风下雨，天寒地冻，经常一个人躲到山洞里偷读《诗经》等经学著作。主要作品有《离骚》《九歌》《九章》《天问》等。他创作的《楚辞》与《诗经》后世并称"风骚"，对中国诗歌的发展产生了深远影响。

陆游（1125年—1210年），出生于名门望族、江南藏书世家。南宋著名的文学家、史学家、爱国诗人。因坚持抗金，屡遭主和派排斥。嘉定二年（公元1210年）留绝笔《示儿》后与世长辞。陆游一生笔耕不辍，诗词文俱有很高成就。

荣毅仁（1916年—2005年），出生于江苏无锡一个著名的工商业家族。1956年，荣毅仁毅然把自己庞大的家族企业无偿献给国家。荣毅仁是中国现代民族工商业者的杰出代表，卓越的国家领导人，伟大的爱国主义战士。

(57)“成佛不分善恶”一语出自《楞严经》《华严经》和《涅盘经》。《楞严经》说：“一切众生，皆具如来智慧德相。但因妄想执著，不能证得。”意思是说：人人都有佛的智慧，只是因为妄想和执着，智慧不能显发。《华严经》（卷第五十一）说：“复次，佛子！如来智慧无处不至。何以故？无一众生而不具有如来智慧，但以妄想颠倒执著而不证得；若离妄想，一切智、自然智、无碍智则得现前。”意思与《楞严经》完全相同。同时《涅盘经》也说：“一阐提人皆有佛性。”“一阐提”就是指断坏佛性，断坏善根，且做尽坏事不得超生的人。所以佛法认为再邪恶之人，只要“放下屠刀”，重新做人，便可“立地成佛”。

慧可（487年—593年），又名僧可（俗姓姬，名光，号神光），他少为儒生时，博览群书，通达老庄易学。出家以后，精研三藏内典。年约四十岁时，遇天竺沙门菩提达摩在嵩洛（今河南嵩山洛阳一带）游化，断臂拜师，得达摩衣钵真传，是中国禅宗的开山祖师，世称二祖。慧可把印度佛法教义与中国的国情相结合，使佛教中国化，成为适合中国士大夫与百姓口味的中国佛教，这是慧可对中国文化最伟大的贡献。

　　《周处除三害》的故事见于《晋书·周处传》和《世说新语》。晋朝的周处，从小死了父亲，因为没人管他，从来不爱动脑筋，更谈不上有没有天才。他没有上学，一天到晚四处游逛，打拳踢腿，舞刀弄棒，到10多岁时，虽然练就了一身力气，却到处惹是生非，闹得四邻不安。人们把他和南山上的猛虎、长桥下的蛟龙，合起来称为"三害"，只要一看到他，就远远地躲开，不敢和他接近。后来，他从父老口中知道人们都很害怕猛虎和蛟龙，就上山射死猛虎，入水勇斗蛟龙。他经过三天三夜的战斗，才把蛟龙杀死。当他回到家里时，看到人们都以为他死了，正在互相庆贺，这才知道自己原来也是一害，被人与猛虎蛟龙同等看待，于是就下决心要改邪归正，重新做人。后来周处听了大学问家陆云的劝告，开始好好学习，终于成长为一个文武全才，在对敌斗争中以身殉国，还留下了好几部著作。这个故事给我们的启示：人有了错误不可怕，只要认识错误，并且决心改正错误，无论何时都不算晚，同时要向周处学习那种知错就改、改过自新的品质和勇于拼搏的精神。

　　㊽顾欢（约420年—483年），南朝齐著名道教学者。故事出自《顾欢勤学》。顾欢六七岁的时候，父亲让他驱赶田里的麻雀，顾欢作了一篇《黄雀赋》就回去了，麻雀把田里的粮食吃了一大半，父亲很愤怒，要用棍子打他，看见《黄雀赋》就没有打他。乡里有学堂，顾欢家中贫困不能上学，就在学堂墙壁后面倚着听，没有遗

漏掉的。八岁时，可以背诵《孝经》《诗经》《论语》。等到长大了，专心致志，勤奋好学。母亲年纪大了，顾欢一边亲自种地，一边背书，晚上就把糠点燃，照着看书。同郡顾恺之来到县里，见到他（如此勤学）感到惊异，让自己的几个儿子与他交朋友。顾欢和他们一起到孙宪之处接受教育。

(59)匡衡（生卒年不详），西汉经学家，以说《诗》著称，汉元帝时位至丞相。据刘歆《西京杂记·卷二》记载，匡衡自小勤奋好学，因家贫买不起蜡烛，晚上不能读书。邻家有灯烛，于是匡衡就把墙壁凿了一个洞借邻家的烛光来读书。这就是“凿壁偷光”这一成语的来历。同乡有个大户人家叫文不识，家中藏书颇多，匡衡为了能够读到他家的书，就去他家免费（不要报酬）做雇工。主人很奇怪，问他这是为了什么，他说：“我希望能把主人的书都读一遍。”主人听了，深为感叹，就把书全部借给他读，最终他成了大学问家。

(60)孙敬（生卒年不祥），成语“悬梁刺股”中“悬梁”的主角人物。典故出自《汉书》和《太平御览》（卷六）。孙敬年少好学，博闻强记，而且视书如命，常常读到后半夜。有时不免打瞌睡，他就用一根绳子，一头拴在房梁上，一头拴住自己的头发。这样，每当他读书困了想打瞌睡时，绳子就会猛地拽他的头发，使自己惊醒过来而达到赶走睡意的目的。他每晚都用这种办法发奋苦读，终于成为一名通晓古今的大学问家。

(61)苏秦（？—公元前284年），字季子，东周洛阳人，祖辈以务农为生。早年到齐国求学，拜鬼谷子为师，与庞涓、孙膑、张仪同为鬼谷子的学生。战国时期著名的纵横家、外交家和谋略家。苏秦年轻时多次向秦王呈献自己的治国方略。都未被秦王采纳。苏秦黑貂皮大衣穿破了，一百斤黄金也用完了，穷困潦倒而得不到秦王赏识，只得离开秦国，返回家乡。他背着书箱，挑着行李，脸上又瘦又黑，一脸羞愧之色。回到家里，妻子不下织机，嫂子不去做饭，父母不与他说话。苏秦见此情状，长叹道："妻子不把我当丈夫，嫂嫂不把我当小叔，父母不把我当儿子，这都是秦王的过错啊！"但苏秦并不灰心，他连夜寻找各种书籍，摆开几十只书箱，最后找到了《阴符经》，埋头苦读，反复选择、研究、揣摩其中深意。每当读到昏昏欲睡时，苏秦就拿锥子刺自己的大腿，鲜血一直流到脚跟，并自言自语说："哪有去游说国君，而不能让他拿出金玉锦绣，取得卿相之尊的人呢？"整整苦读一年，终于学有所成。他自信地说："这下子真的可以说服当世之君听从我的治国安邦的谋略了。"

后来，苏秦兼佩六国相印（燕赵韩魏齐楚），使秦国十五年不敢出兵函谷关。

(62)"仕而优则学，学而优则仕。"此语出自《论语·子张》篇。子夏曰："仕而优则学，学而优则仕。"这里要注意两个"仕"的意义不完全相同，第一个"仕"是指先学会启蒙教育所必须学会的“洒扫应对”之类的做人做事待人接物等立人之道，这些全部学会了做好了，就可以沉下心来认真读书，研究学问了，并非专指为民做官的事情。第二个“仕”则是指社会实践的全部内容，即把所学会的文化知识和各种技能运用到社会实践中去（包括为民做官，齐家治国平天下）。所以第二个“仕”就相当于孔子所讲的“学而时习之”中的“习”（社会实践）。也就是说学业的功课做好了，就要把所学知识与技能运用到现实生活中，为社会服务，“修己以安民”，“修己与安人”来达到“天下大同”的和谐社会，这就是孔子教育思想的关键之所在。

(63)“超度净土”，“超度”与“净土”都是佛教用语。“超度”即摆脱或脱离某种困境或苦难。“净土”是“西方净土”的简称。佛教宣传“一切众生皆俱如来智慧德相”，教化世人“诸恶不作，众善奉行”，只有做一个“善人”，死后才能得到超度去往西方极乐世界。

(64)“忠孝优则出入为道”，这是中国道教思想的中心内容。中国道教的伦理思想完全吸收了中国儒家以忠孝为主轴的三纲五常的伦理思想，主张以“忠孝立本”而敬奉君亲，济世度人而拯救他人和社会。如这正好与儒家的“修己安人”“修己安民”的“内圣外王”的治世思想是一致的，与佛教的菩萨道（修己度人）也是一致的。

(65)“身体发肤受之父母”出自《孝经》。孔子说，孝这个事情,是道德的根本,人需要教育的原因也在这里。我们的身体毛发皮肤是父母给我们的,我们必须珍惜它,爱护它,因为健康的身心是做人做事的最基本条件,所以珍惜它,爱护它就是行孝尽孝的开始。让自己健康成长并按正确的原则做人、做事,让自己的名字为后人所景仰,就会让后世知道自己的父母教导有方,培养出了一个优秀儿女,这是人行孝尽孝的结束。

"炎黄"分别指中国原始社会时期两位不同的部落首领。"炎"指炎帝,"黄"指黄帝。

㊻"杀身成仁"出自《论语·卫灵公》:"志士仁人,无求生以害仁,有杀身以成仁。"指为正义的事业而牺牲自己的生命。

㊼"留取丹青"出自南宋爱国诗人文天祥(1236年—1283年)《过零丁洋》的七言律诗。诗的原文是:"辛苦遭逢起一经,干戈寥落四周星。山河破碎风飘絮,身世浮沉雨打萍。惶恐滩头说惶恐,零丁洋里叹零丁。人生自古谁无死?留取丹心照汗青。"文天祥以此诗表明自己舍身取义,绝不投降,与南宋共存亡的坚定立场。

㊽"精忠报国",来源于《岳母刺字》的故事。《宋史本传》:"初命何铸鞠之,飞裂裳,以背示铸,有'尽忠报国'四大字,深入肤理。"说是靖康初年岳飞从军时,母亲姚氏在他背部刺上"尽忠报国"四字以明其志。

㊾"国家兴亡,匹夫有责"这句话最早见之于顾炎武(1613年—

1682年，字亭林，清朝初年著名思想家、史学家、语言学家，与黄宗羲、王夫之并称为明末清初三大儒）的《日知录·正始》一书，后来被梁启超概括成八字爱国名言："天下兴亡，匹夫有责。"

⑦ "风声雨声读书声声声入耳，家事国事天下事事事关心。"此联为明朝东林党领袖顾宪成（1550年—1612年，明代思想家，东林党领袖。）所撰。顾宪成在无锡创办东林书院，讲学之余，往往评议朝政。后来人们用以提倡"读书不忘救国"，至今仍有积极意义。上联将读书声和风雨声融为一体，既有诗意，又有深意。下联有齐家治国平天下的雄心壮志。

⑦ "嗟来之食"出自《礼记·檀弓下》。

主要讲述了一个宁可饿死也不肯接受"嗟来之食"的有骨气的穷人。后世以"嗟来之食"表示侮辱性的施舍。吴晗在《谈骨气》中引用这一故事为论据，说明了中国人民自古以来就是有骨气的。范晔《后汉书·列女传·乐羊子妻》云："羊子尝行路，得遗金一饼，还以与妻。妻曰：'妾闻志士不饮盗泉之水，廉者不受嗟来之食，况拾遗求利，以污其行乎！'"文中的乐羊子之妻以这个典故奉劝丈夫，要他做一个品行廉洁而有志气的人。

⑦ "为中华之崛起而读书"是新中国第一任国务院总理，无产阶级革命家、政治家、军事家、外交家周恩来（1898年—1976年），在少年时代立下的宏伟志向，表现了为国家和民族而奋斗终生的责任感和使命感。

(73)“革命尚未成功，同志仍须努力”，这句话是革命先行者孙中山在1923年中国国民党恳亲大会上的题词。1925年孙中山在去世前的遗嘱中，对这句话进行了重申。内容为：“余致力国民革命凡四十年，其目的在求中国之自由平等。积四十年之经验深知欲达到此目的，必须唤起民众及联合世界上以平等待我之民族，共同奋斗。革命尚未成功，凡我同志，务须依照余所著《建国方略》《建国大纲》《三民主义》及《第一次全国代表大会宣言》，继续努力，以求贯彻。主张开国民会议及废除不平等条约，尤须于最短期间促其实现。是所至嘱！”

(74)“志于道，据于德，依于仁，游于艺”出自《论语·述而》。这是孔子对自己一生中全部教育思想的综合概括。“志于道”中的“道”指天道与人道。天道是不可说的最高存在和理想境界，而人道则是人们遵循自然规律的社会实践活动。人的一生是按照自然法则去不断实践人道，以其接近天道，从而达到“天人合一”的境界。“据于德”中的“德”，即“得”“获得”的意思。就是我们在遵循自然法则进行社会实践活动的过程的人生收获。只要立志高远，实践“天道”与“人道”的和谐统一，注重为人处事的行为准则，讲究诚信，就会收获人生的成功。“依于仁”中的“仁”，就是爱心。爱心有两种，一是爱自我之心，二是爱他人之心。所以“仁”分为属于“体内”的自爱之心与“体外”而作用于社会的爱他人之心。

㉟ "大木柱长天"出自毛泽东青年时代的恩师杨昌济教授的教育名言。这句话的全句是"自避桃源称太古，欲栽大木柱长天"。杨昌济是毛泽东青年时代在湖南第一师范学校的伦理学老师。这句话就是他的教育理念，或者说他的教育理想，甚至可以说是人生的追求目标。对于青年毛泽东，他特别欣赏。杨教授自己不求闻达于诸侯，甘愿避世桃源，教人子弟而享终身，但一心全在为国为民培育栋梁之材。

㊱ "为天地立心，为生民立命，为往圣继绝学，为万世开太平"出自宋代大儒张载所著《横渠语录》。张载（1020年—1077年），北宋思想家、教育家、理学创始人之一，世称横渠先生。其"为天地立心，为生民立命，为往圣继绝学，为万世开太平"的名言被当代哲学家冯友兰先生概括为"横渠四句"。这四句话是中国古代知识分子的至高追求，也是读书做人的终极意义。